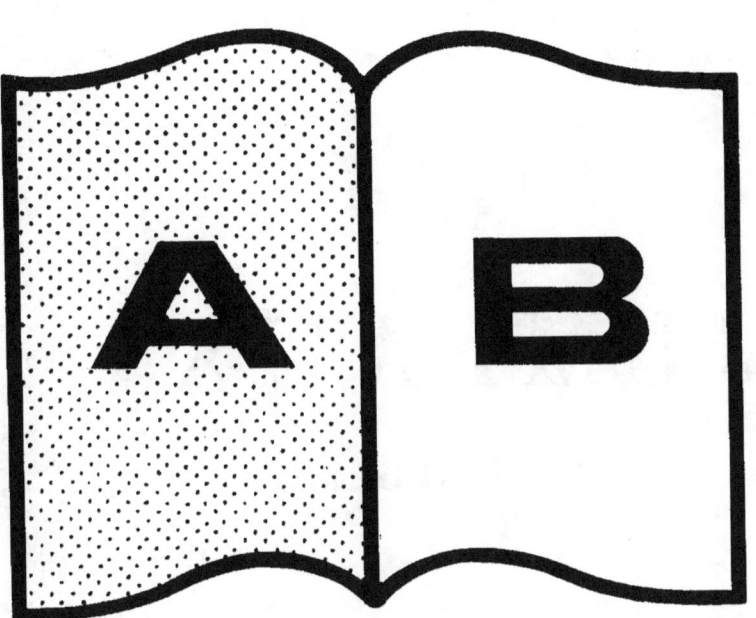

Contraste insuffisant

NF Z 43-120-14

2.

LES

JUMEAUX

DE LA RÉOLE.

LE MIDI EN 1815.

II.

PARIS. — IMPRIMERIE D'AD. MOËSSARD,
RUE FURSTEMBERG, 8.

LE MIDI EN 1815.

II.

LES JUMEAUX

DE LA RÉOLE.

PAR C. FEULLIDE.

PARIS.

HIPPOLYTE SOUVERAIN, ÉDITEUR,

RUE DES BEAUX-ARTS, 3 BIS.

1836.

LES JUMEAUX.

11.

I.

LES DEUX ROBES NOIRES.

La ville de La Réole s'élève en amphithéâtre sur une colline dont les pieds se bai-
gnent dans la Garonne, et forment la rive droite
de ce fleuve.

Plus de trois heures s'étaient écoulées depuis que, dans la partie haute de la ville, on avait entendu les grelots des chevaux et les coups de fouet des postillons annonçant le passage des diligences et des malles-postes qui roulent sur la route de Bordeaux à Toulouse. Dans la partie basse, les cabarets qui avoisinent le débarcadère ne retentissaient plus des chants des bateliers et de toute cette population de remorqueurs qui, se sanglant les reins, le corps en avant, le front presque contre terre, rampant plus qu'ils ne marchent, attelés comme des bêtes de somme, s'en vont dans les chemins de hallage, avec de grandes clameurs, traîner les bateaux contre le courant du fleuve.

Il était une heure du matin. A travers les fentes d'un contrevent, une lumière seule vacillait au rez-de-chaussée d'une maison bâtie au pied de la colline, en face des allées de tilleuls qui joignent la ville à la Garonne.

Le front abîmé plus qu'appuyé dans ses mains, un homme, les jambes étendues, était couché plutôt qu'assis dans un vieux fauteuil

à oreillettes et à point de Hongrie. Sur une
grande table de chêne noirci, dont les cise-
lures et les pieds en spirale accusaient la précieuse vétusté, il y avait épars, pêle-mêle,
des liasses de parchemins et de papier timbré,
des médailles de toutes sortes, d'or, de
bronze et d'argent; il y en avait d'incertaines,
de frustes, de fourrées, d'inanimées, de mar-
telées, d'incuses, de réparées, de saucées, de
restituées et de contorniates; il n'en était pas
une enfin qui ne répondît à l'un des mots in-
ventés par la science de l'archéologie et de la
numismatique. Sur une cheminée en pierre,
jaspée au pinceau, entre des débris d'ampho-
res, de hanaps, de vases peints et de pots cassés, étaient méthodiquement rangés des frag-
mens de statuettes en bronze et en marbre,
des cailloux, des lingots de minerai, des cu-
riosités qui tiennent à la fois au règne végé-
tal et au règne animal, des plantes sous-ma-
rines pétrifiées à l'air, et des polypes peuplés et
coupés comme des cités avec leurs carrefours.

leurs rues droites ou sinueuses, leurs em-
branchemens et leurs places publiques.

Une tête en marbre, rongée au nez et aux
oreilles, et trouvée dans quelques fouilles faites
aux environs, était coiffée d'un casque, doré
jadis au cimier et aux mentonnières; sous le
socle qui la supportait, pendaient, prétentieu-
sement disposés en trophée, quelques mailles
rouillées d'une cotte de fer, des poignées de
vieilles épées françaises, quelques fers de
lance et une hallebarde qui, dans les grands
jours, était mise en réquisition par le bedeau,
sonneur de cloches, pour se donner un air de
suisse de cathédrale, chasser les chiens et ef-
frayer les petits enfans qui jouent aux osselets
devant un confessionnal ou sous le porche
de l'Eglise.

Toutes ces vieilleries dont j'oublie un grand
nombre, et des meilleures, et dont l'énumé-
ration aurait merveilleusement figuré dans le
catalogue d'un antiquaire de province, étaient
faiblement éclairées par une lampe à forme de

navette, au-dessus de laquelle, par un confortable de mauvais goût, avait été placé un chapeau de tôle peinte, destiné à concentrer les rayons sur les objets placés à un pied de sa circonférence. Cette absorption de la lumière sur un seul point, répandait sur tout le reste un clair-obscur, tremblôtant et indécis qui donnait à cette salle basse une apparence fantastique, à laquelle ajoutait encore le rouge blanchissant de quelques charbons calcinés, restes du feu dont le personnage assis devant l'âtre oubliait d'alimenter l'activité.

Sur la table de chêne étaient déployés quelques papiers dont cet homme paraissait avoir fait l'objet de ses méditations ; on voyait même que pour les pacourir il avait interrompu un travail de composition, car quelques pages écrites et inachevées étaient jetées à l'écart. Ces méditations le tenaient dans une immobilité telle qu'il aurait semblé avoir été gagné par le sommeil, si, de temps en temps, ses paupières soulevées n'avaient livré passage à

ses regards qu'il reportait fixement sur le ca-
dran de la pendule placée sur la cheminée,
et si, chaque fois qu'il les ramenait sur le
foyer, après avoir calculé la marche du temps,
il n'avait fait entendre un profond soupir, seul
bruit qui se mêlait dans cette chambre à celui
du mouvement oscillatoire du balancier.

La dernière supputation de temps à laquelle il venait de se livrer, avait si pleinement
absorbé ses facultés physiques dans le travail
intellectuel qui se faisait en lui, qu'il n'avait entendu ni le bruit de la porte de la maison, qui
s'était refermée en mettant en jeu le tintement
d'une petite sonnette, ni les pas graves et lourds
d'un homme qui, en s'approchant de lui,
avait brusquement jeté sur une chaise son
ample manteau noir.

L'homme qui était assis, et qu'on eût pris
tout aussi bien pour un savant passant la nuit
à courir après la restauration problématique
de quelque inscription latine ou celtique, à
demi effacée par la moisissure, était Jean-Jac-

ques Dumoulin, le procureur impérial de La Réole ; tête carrée, aussi âpre à échaffauder des réquisitoires en police correctionnelle contre les délits forestiers, les filouteurs de bourse et les détrousseurs de grand chemin, qu'à défendre, jusqu'à l'injure inclusivement, les mémoires que, sur les questions d'archéologie et de géologie mises au concours, il envoyait aux académies de sciences et d'inscriptions, ou qu'il faisait insérer dans les petites feuilles d'annonces de quelques villes voisines, pour en appeler du jugement académique qu'il accusait d'ânisme, au savoir des lettrés du pays. Or ceux-ci ne manquaient pas de tenir en très haute estime un homme qui maniait également bien l'épigramme latine dans le goût de Martial, et le réquisitoire qu'il lardait de sentences à l'usage des gens qui ne demandent qu'une ligne de l'écriture d'un homme pour lui mettre au cou un collier de chanvre. Au demeurant, et à la manie près de l'injure académique et du réquisitoire, c'était un homme de mœurs honnêtes, un bon père de famille, aimant sa femme et ne convoitant la fortune que pour laisser du bien à ses enfans.

L'homme qui entrait était un prêtre, il s'appelait Rousseau. Il y avait une double nature en lui, celle du prêtre et celle de l'homme. En ce qui touchait au sacerdoce, le clergé de la Gironde avait peu d'ecclésiastiques d'un savoir plus étendu, de mœurs plus austères que le curé de Saint-Michel de Bordeaux. Il était le père nourricier des pauvres et le consolateur des affligés de sa paroisse, et ses appointemens et son casuel s'en allaient chaque année en aumônes ou en œuvres pies, tout comme depuis longtemps son patrimoine s'en était allé par là. On eût dit que sa charité s'exaltait par ses sacrifices, comme son zèle grandissait par les obstacles.

Il se souciait fort peu de faire lutter la parole divine avec les passions tièdes et timides du beau monde qui s'agitent et gazouillent entre les tapisseries des salons et sous les ri-

deaux des alcôves, et qui, pour changer des
billets doux et les rubans contre un livre de
messe et un chapelet, n'ont besoin que d'un
moment de jalousie ou de lassitude. Il lui
fallait ces natures audacieuses et brutales, toujours en guerre avec la société qui les enchaîne et les tue pour n'être point asservie ou
tuée, et dont le désespoir comme les joies
s'exalent par des imprécations et des blas-
phêmes. Il lui fallait ces ames grossières dont
l'éducation n'a fait disparaître aucune aspé-
rité, et ces cœurs durcis au feu de toutes
les passions et dans lesquels ni les malheurs
ni la parole humaine n'ont jamais pu faire entrer le nom et la crainte de Dieu. Alors le
prêtre épiait leurs heures de doute et de faiblesse pour leur faire entendre le tonnerre de
sa parole, à travers les éclairs de sa chaude éloquence, il faisait luire à leurs yeux le glaive de
la justice divine sous lequel ils allaient tomber
en sortant des mains du bourreau qui les attendait; ou bien quand il les voyait embras-

ser en furieux l'espérance du néant, il trouvait
des paroles empreintes de la plus tendre compassion, des élans de la plus chaude charité
chrétienne, et il ne les quittait que, lorsque
terrifiés ou attendris, repentans par peur ou
par conviction, ils avaient, sur l'échafaud,
poussé leur dernier cri, tourné leur dernier
regard vers le crucifix qu'il élevait au ciel
après l'avoir posé sur leurs lèvres.

Mais sorti du sanctuaire, l'apôtre redeve-
nait homme. Le prêtre, si affable à la misère
qui demande, si compatissant à la douleur
qui se traîne les yeux mouillés de larmes, si
résigné à tous les sacrifices, à toutes les fati-
gues que réclamait son ministère; lui qui aurait
dit à l'impie : frappe, mais prie! devenait,
dans le train ordinaire de la vie, un homme
querelleur, emporté, despote, poussant de
prime abord la controverse jusqu'à la dispute,
et la dispute jusqu'à la haine; or, ce qu'il
haïssait une fois devenait le point de mire de
sa vengeance, dût-il l'attendre et la tramer

vingt ans, et en cela, comme en tout le reste,
s'inquiétant peu des moyens, ruse ou force
ouverte. Il était taillé sur le patron d'un
vieux ligueur, et, dans une nuit de Saint-
Barthélemy, il aurait poignardé son ennemi,
quitte pour le confesser auparavant et lui
donner l'absolution!

Le prêtre, pour annoncer sa venue, fut
forcé d'appeler le procureur impérial par
son nom et de lui frapper sur l'épaule.
Alors celui-ci, comme s'il eût été tiré en sursaut d'un long rêve, bondit sur son fauteuil,
et ôtant à la lampe le chapiteau qui en con-
centrait la lumière sur la table, l'éleva, pour
l'éclairer, à la hauteur du visage de l'homme
qui venait d'arriver. C'était bien là celui que le
procureur impérial attendait; car, après cet
examen rapide, il reposa sur la table la
lampe dont le chapeau de tôle abaissa de nouveau la lumière.

—Voici la quatrième nuit que je passe à
vous attendre, dit le procureur Dumoulin;

hier encore vous seriez arrivé à temps. Maintenant c'est trop tard; il est mort.

— Je le sais, répondit le prêtre; a-t-il pardonné?

— En confession, sans doute.

—Mais vous ne l'avez pas entendu?

—Il le voulait peut-être?

— Qu'en savez-vous? Dieu seul sonde les
reins et les cœurs, mais l'homme ne sait que
ce qui lui est révélé par la parole. Or votre
père n'a point parlé.

— Oui, mais si vous étiez venu...

— Aussi ne suis-je point venu... Oh! ne
me regardez pas avec cet air d'ébahissement;
je sais tout ce que vous allez me dire touchant
les droits et les devoirs de l'amitié. Je sais
aussi bien que vous, que votre père devait
s'attendre à me voir au chevet de son lit de
mort; que les consolations et les douces paroles d'un ami rendent moins pénible le passage d'une vie à l'autre, et qu'il est bien pénible pour un mourant de ne pas lire sur le

visage de ceux qu'il a aimés les regrets que
cause une séparation éternelle, etc., etc. Vous
le voyez, je m'exécute de bonne grâce, et je
vous évite des frais d'éloquence. Mais à tous
ces lieux communs je ne fais qu'une réponse,
dure peut-être, mais franche : J'ai voulu qu'il
en fût ainsi.

Le procureur impérial fit un pas en arrière, comme si ces paroles, sèchement arti-
culées, lui montraient, sous un aspect inattendu et repoussant, l'ami qui avait pu les
proférer.

— Allons, dit le prêtre sans trop s'émouvoir
et comme un homme qui est sûr de maîtriser
les sensations de son interlocuteur, allons, n'allez-vous point passer de l'ébahissement au mépris? Soyez donc moins impressionnable, monsieur l'homme de loi, et laissez les gens s'expliquer avant de leur jeter la pierre du dédain ou du courroux. Nos cheveux grison-
nent, mon ami, voyons les choses de sang-froid
et non comme des écervelés. En bonne lo-

gique, et c'est la logique qui doit mener le
monde! avec les sentimens vous feriez de
belles choses, ma foi! en bonne logique donc,
qui veut la fin veut les moyens. Oui, n'est-ce
pas?

Le procureur fit un signe d'assentiment.

— Très bien, reprit le curé de Saint-Michel,
Maintenant suivez-moi. J'étais l'ami de votre
père, c'est vrai, mais aussi je suis prêtre. Ami,
je devais me passionner pour la cause de mon
ami comme si elle était la mienne; l'injure qui
lui avait été faite devait être pour moi comme
si elle avait été faite à moi même; je devais en
poursuivre la réparation comme s'il s'était agi
d'une satisfaction à obtenir pour mon compte.
Bien plus, si mon ami s'était montré tiède,
oublieux, je devais réchauffer sa colère, et le
faire souvenir que l'honneur est le premier des
biens; je devais le pousser à la vengeance, y
entrer pour moitié, l'y aider, l'obtenir, et en
accepter le legs s'il venait à mourir sans l'avoir
obtenue. Comme prêtre, au contraire, il me

fallait lui prêcher l'oubli des injures; lui dire
que, dans l'autre monde, Dieu lui pardonne-
rait ses offenses, comme en celui-ci il aurait
pardonné lui-même à ceux qui l'avaient offensé, et je n'aurais pu le reconcilier avec Dieu,
qu'après l'avoir reconcilié avec son ennemi. Or
je n'aurais pu ensuite délier sur la terre ce
qu'à ma voix Dieu aurait lié dans le ciel. Vous
le voyez, l'ami et le prêtre avaient des missions
différentes; j'ai dû opter.

Pour assister votre père à ses derniers momens, pour lui dire: partez, ame chrétienne, et
pour bénir sa première pellerée de terre qui a
roulé sourdement sur la bière, au fond de la
fosse, il y avait cent prêtres comme moi dans le
pays; vous l'avez bien vu. Mais, pour ressentir
l'affront qui lui a été fait, mais pour hériter de
sa haine, mais pour cheminer vers sa vengeance, il n'y avait qu'un ami comme moi:
et vous le verrez.

Alors mon choix a été prompt: ne pouvant
concilier les devoirs du prêtre et de l'ami, j'ai

dépouillé le caractère de l'un pour garder le caractère de l'autre, et je ne suis venu qu'à titre d'ami.

— Merci, merci! mon respectable curé, dit le procureur impérial, en serrant la main du prêtre qu'il porta à son front, et sur laquelle il laissa tomber une larme.

Le prêtre retira vivement sa main, et jeta brusquement ces rudes paroles :

— Les femmes et les enfans ont huit jours pour pleurer un mort ; un homme n'a que vingt-quatre heures. Votre père est mort avant-hier ; c'est un jour de trop que vous donnez à la douleur qui s'épanche en larmes.

— Ce seront les dernières, mon ami, dit le procureur, et c'est votre courageuse abnéga-tion qui m'a causé ce court attendrissement ; mais avant toute chose, ôtez-moi d'un doute. Croyez-vous qu'un fils, pour venger une insulte faite à son père, doive faire plus que, de son vivant, son père n'a fait lui-même ?

— Plus! oui, s'il le peut; mais dans tous les cas, autant pour le moins.

— Et si le père n'a rien fait?

— Et qui vous a dit que le vôtre est dans ce cas?

— Mais je n'ai jamais rien su de positif à cet égard.

—Autrefois, cela peut être; mais aujourd'hui il est impossible que dans les papiers de votre père vous n'ayez point trouvé des traces de... Eh mon Dieu! Les voilà... Je les reconnais bien.

Et à ces mots, le prêtre s'était avancé vers la table sur laquelle, depuis quelques secondes, il avait attaché ses regards, et ses doigts feuilletaient à la hâte les papiers dont la lecture avait jeté le procureur impérial dans la sombre préoccupation où le prêtre l'avait trouvé.

— Que dites-vous donc, reprit-il avec vivacité? mais ceci a dû vous instruire de tout.

— J'avais cru qu'il en serait ainsi; j'ai lu souvent, en effet le nom de nos ennemis et des

événemens qui les concernent..... Mais je n'ai
vu nulle part agir mon père.

— D'où vous tirez la conclusion qu'il n'a
point agi? Oui, je le vois, cela vous semble aussi
clair qu'à celui qui, ne voyant pas la main et
les fils qui font mouvoir les marionnettes, se
croirait en droit de dire qu'elles gambadent
ou gesticulent toutes seules. Ne voyant pas la
cause, vous niez l'effet... Tenez, mon enfant,
vous me faites pitié. Parcourons ensemble ces
documens. Qu'est ceci?

— La lettre d'un nommé Maurice, ancien
fermier de mon père, et enrôlé volontaire dans
le corps-franc d'infanterie, qui, sous le nom
d'*enfans de La Réole,* fut formé en 93. Elle est
à la date du 13 mai de la même année.

— Oui, c'est un soldat qui rend compte à
votre père de l'attaque vigoureuse de la forêt de Vouvens, où vos deux ennemis reçurent
chacun une balle dans la poitrine. Eh bien, ce
fermier de votre père, qui entre au service de

vos deux ennemis; vos deux ennemis blessés
le même jour, presqu'au même instant; cette
forêt d'où, à la faveur des arbres, le soldat
peut faire feu sur qui bon lui semble, sans que
nul puisse dire d'où vient le coup; cet empressement d'un de vos anciens serviteurs à
tenir au courant de ce qui regarde vos ennemis,
votre père, le dernier homme du monde auquel on pût alors en parler...Tout cela ne vous
donne-t-il rien à penser, à deviner? puis, n'a-
vez-vous jamais entendu dire qu'un jour de
bataille, les officiers d'un corps d'armée étaient
décimés autant par les balles haineuses de
leurs soldats, que par celles des ennemis?...

— De quelle terrible lumière vous illumi-
nez ma pensée, s'écria le procureur impérial.

— Si terrible, reprit le prêtre d'un ton dédaigneux, qu'ainsi qu'une femme vous vous
mettez la main devant les yeux pour ne le point
voir. Mordieu, Jean-Jacques, continua-t-il en
lui saisissant fortement les mains pour les abaisser; osez donc regarder votre vengeance en

face. Un roi de France l'a dit : le corps d'un ennemi sent toujours bon.

— Oui, dit froidement le procureur impérial, quand il est couché à terre, mort.

— Patience, reprit le prêtre, les balles ne sont pas toujours inintelligentes ou capricieuses ; on peut en trouver qui vont à l'adresse indiquée, et font ce pour quoi elles ont été fondues.

— Et ce Maurice, qu'est-il devenu ?

Ceci avait été dit avec une sorte de nonchalence, comme simple curiosité. Mais le prêtre dut lire autre autre chose sous ce masque de froideur ; car il serra fortement la main du procureur impérial en signe d'intelligence.

— Très bien, ajouta-t-il. Ce Maurice est un homme à moi, et je l'ai placé, pour l'avoir toujours sous ma main, guichetier dans le fort du Hâ. Mais continuons. Qu'est ceci ?

— Copie d'un ordre donné par la Convention, le 27 novembre suivant, pour suspendre nos deux ennemis de leurs fonctions, et la

minute d'une dénonciation par laquelle on les
accusait d'avoir fait partie du comité autrichien. Mais cette minute ne peut émaner de
mon père. Elle n'est pas de son écriture.

— Vous allez vous livrer à une opération
d'experts, n'est-ce pas ? Et qu'importe que ce
soit ou non écrit de la main de votre père! allez, allez, il est des cas où la main droite ne doit
pas savoir ce que fait la main gauche. Pour moi,
si le chapeau que j'ai sur la tête connaissait les
pensées qu'il couvre, je le jeterais à l'instant
dans la rivière. Et ceci, mon enfant, n'est-ce
pas la dénonciation du club des jacobins de
Paris, par suite de laquelle le représentant
Laignelot ordonna, le 11 nivose an II, d'arrêter les deux frères et de les traduire au tribunal révolutionnaire de Rochefort? Et là, ne
furent-ils pas condamnés à mort pour cause
de fédéralisme?

— Mais, mon père n'a jamais été jacobin,
et dès-lors il n'a pu...

— Mon Dieu, qu'en savez vous ? et les hom-

mes vous semblent-ils tellement affermis dans
une opinion, dans un principe, qu'ils ne puissent les faire varier, tout au moins dans leur
manifestation, suivant les exigences des passions ou de l'intérêt? Jacobin, votre père? Et
qu'était-il besoin qu'il le fût. N'a-t-on pas
des amis dans un parti, et n'y a-t-il pas toujours de pauvres diables toujours prêts à
vendre et à mettre pour un écu leur influence
au service de votre haine? Allez, allez, mon
cher ami, nous reverrons cela avant peu. Et
au moment où les deux frères monteront sur
l'échafaud, j'espère bien qu'il ne viendra pas
un autre représentant Léquinio pour faire surseoir à leur exécution, ni des juges qui revi-
seront le jugement pour le casser, et leur
rendre la liberté avec la vie. Et tenez encore...

— Assez; assez, mon ami, je vois ce que
mon père a fait ou tenté autrefois pour sa
vengeance. Mais depuis?...

— Oh! oui, depuis!... Vous allez me parler, n'est-ce pas, du temps où La Réole éprou-

vait les horreurs de la famine et où les deux
frères obtinrent du représentant Ysabeau l'autorisation d'acheter des grains dans les départemens voisins, pour subvenir aux besoins de
la ville et de l'arrondissement? vous allez me
dire aussi peut-être qu'à ce propos il y eut un
rapprochement entre votre père et ses ennemis,
puisque votre père, à la tête de toute la population, vint complimenter les deux frères
qu'il appela les bienfaiteurs de La Réole. Oui,
c'est vrai, pour ceux qui jugent de l'ame par
le visage et la parole ; mais, voyez-vous, il n'y
a que des imbéciles qui disent que le visage et
la parole ont été donnés à l'homme comme
un miroir pour refléter la pensée. Le visage et
la parole lui ont été donnés comme un masque
pour la déguiser ; et votre digne père le savait
bien, et il le fit bien voir. Ne courut-il pas
alors de vilains bruits sur les deux frères ? etcet
accaparement des grains, quand l'abondance
fut revenue, ne parut-il point, petit à petit,
une exploitation industrielle qui, pour faire

de gros bénéfices , s'était donné des airs de
patriotisme ? et ces bruits ne furent-ils point
fortifiés par les réticences habiles de votre père
qui , interrogé, pressé à cet égard , évitait de
répondre catégoriquement , placé qu'il était,
disait-il, par sa réconciliation, dans l'impossibilité de dire la vérité qui , chez lui , aurait toujours l'air d'une vengeance? Mon enfant , il
tombe plus d'arbres sourdement rongés aux
pieds par le ver qui se cache , que dévorés
par la foudre qui fait grand bruit.

— Comment expliquez-vous cependant ma
nomination de procureur impérial, due à leur
influence, il y a deux ans, en 1813? Mon père
m'eût-il permis de recevoir un service d'ennemis auxquels il n'aurait point pardonné ?

— Pourquoi pas, je vous prie ! Et qui vous
dit que l'instinct d'une bonne haine ne va pas
jusqu'à prévoir tout le parti qu'on peut tirer
un jour d'un service que rend un ennemi ? Il
ne peut y avoir de réconciliation sincère qu'a-
près la vengeance ; tant que l'affront reçu

n'est point lavé, il ne peut pas dépendre
d'un ennemi d'être quitte envers l'offensé
moyennant quelques avances ou gracieusetés.
Ces avances, ces gracieusetés, sorte d'humiliation que s'impose un ennemi, sont à
mes yeux ce qu'aux yeux d'un créancier sont
les intérêts du capital. Elles ne doivent pas
plus faire rabattre de la vengeance due, que
le capital n'est diminué par le paiement des
intérêts. On fait bon accueil à ces avances,
comme le créancier bien appris fait bon accueil
au débiteur poli ; mais on ne marche pas
moins à sa vengeance que le créancier au re-
couvrement de son argent. Mon Dieu ! un
mien ennemi serait séparé de moi par un pré-
cipice, que, s'il me disait : jetez un pont entre
nous et je viens vous embrasser !... je lui jetterais son pont au plus vite.

Ces dernières paroles avaient été dites avec
une bonhommie ravissante, il est vrai, mais
si peu conséquente avec la théorie de la haine,
subtilement professée par le prêtre, que le

procureur impérial prit l'air d'un homme qui a peine à en croire le témoignage de ses yeux et de ses oreilles.

—Oui, mon ami, répéta le prêtre, comme pour jouir, en l'augmentant, de la surprise de celui qu'il initiait aux secrets de son ame ; oui, je le lui jetterais ce bienheureux pont!...

Le procureur impérial allait se récrier......

— Mais, se hâta d'ajouter le prêtre, je l'arrangerais de telle sorte qu'il romprait sous ses pas.

— A la bonne heure ! murmura le procureur impérial, dégagé du non sens qui allait brouiller ses idées.

—Maintenant, reprit le curé de St.-Michel, avant que nous dressions notre plan de campagne, est-il quelque doute, quelque scrupule derrière lequel se veuille abriter votre bonne envie de quiétisme? Oui, mon ami, et j'aurois pu même me servir du mot de poltronnerie. Mon Dieu ! personne ne nous entend, ne regimbez pas. Vous êtes, je le sais,

un terrible faiseur de phrases sur le courage
civil, le courage du magistrat ; mais quand
une partie est liée ,au premier événement qui
dérange vos habitudes , vous n'aspirez qu'à
retirer votre enjeu. Mais patience ; vous ne
nous échapperez pas ainsi , mon maître !

— Homme dur et inflexible que vous êtes ,
ôtez-moi du moins de l'incertitude où je suis.
Savez-vous , et puis-je savoir ce que mon père
lui-même ne savait pas? Vous voulez une vengeance , soit : je la veux aussi. Mais qui doit-
elle atteindre ? Nous avons deux frères en face
de nous ; mais un seul est coupable , un seul
a frappé mon père à la joue. Quel est-il , est-
ce César ? est-ce Constantin ? Quand il voyait
César , mon père disait c'est lui. Il disait aussi
c'est lui , quand il voyait Constantin. Il faut
pourtant faire un choix. Faut-il les tirer au
sort, et livrer ainsi ma vengeance aux chances
du hasard ? Et si le hasard est aveugle ! si je
me venge de César , quand c'est Constantin
peut-être qui a frappé le chef de notre fa-

mille, ou de Constantin, quand la main insolente est celle de César? Quand elle aura
fait une sottise, que deviendra ma vengeance?
Après l'avoir fait tomber sur l'innocent, la
poursuivrai-je encore sur le coupable? Oh
non! Vous ne pouvez aller jusqu'à dire que
je dois les envelopper tous deux dans ma
haine.

— Pourquoi donc pas? D'abord il peut se
faire qu'au lieu de frapper l'innocent du premier coup, vous frappiez le coupable. Il y a
pour cela autant de probabilités que pour le
contraire. Mais d'ailleurs est-ce votre faute si
les deux frères sont d'une ressemblance telle
qu'on ne puisse les distinguer entre eux? Là
où l'amour et l'œil d'une mère ne pouvaient
arrêter un choix, fera-t-on un crime à la haine
et à la vengeance de se tromper? Est-ce que
chaque être ici-bas ne subit point les condi-
tions de sa nature? Dieu a donné à ces deux
frères une nature de ménechmes, eh bien! que
la fortune soit bonne ou mauvaise, ils en doi-

vent subir les exigences : la première de toutes, c'est la solidarité ; elle les lie tant que, par
un aveu formel, par une déclaration expresse,
l'un des deux ne la repousse pas. Or, ici, César
n'a point dit à votre père : C'est moi qui vous
ai souffleté, Constantin ne l'a pas dit non plus.
Cependant, l'un n'a pas pu ignorer l'affront
dont l'autre s'était rendu coupable. Celui qui en
était innocent devait donc le déclarer ; gardant
le silence, le coupable a rejeté la moitié du
crime sur son frère, et, en se taisant, celui-
ci a montré qu'il en acceptait la responsabilité. Voulez-vous, vous, séparer ce que les
deux frères n'ont pas voulu séparer ? que dis-
je ? ce qu'il ne dépend pas d'eux de séparer
Ils sont unis dès leur berceau par une ressemblance qui a embrassé leur corps, leur ame,
leur esprit et les événemens qui agitent la vie
humaine. Au moral comme au physique, ils
forment un être bicéphale, seulement chacun
d'eux a un corps entier, une ame complette.
Ce que l'un pense, dit et fait, l'autre le

pense, le dit et le fait; si bien que si, en l'absence de l'autre, l'un d'eux commence une
pensée, un discours, une action, l'autre sur-
vient qui, avec une prestesse merveilleuse,
prend la pensée, le discours et l'action au
point où son frère les avait poussés. C'est
en étudiant une corrélation si intime de rapports physiques et moraux; c'est en voyant
avec quelle continuité les deux frères avaient
éprouvé les mêmes joies, les mêmes douleurs,
les mêmes vicissitudes; c'est en observant la
conformation des traits de leur visage et de la
boîte osseuse qui enveloppe leur cerveau,
qu'un savant médecin a prédit que cette ressemblance dans leur destinée qui les avait
pris au berceau et les avait accompagnés durant leur vie, les suivrait jusqu'à leur mort.
Oui, mon cher, la médecine est venue en
aide à la manifestation de l'œuvre de la Pro-
vidence. Le docteur Gall a prédit aux deux
frères qu'ils mourraient ensemble le même
jour. Que la prophétie s'accomplisse! Il ne
faut pas que la science ait un démenti.

— Les tuer ! les tuer ! mais vous voulez
donc que je fasse ce que mon père n'a point
fait? que je les aille provoquer en duel?... Mais
ils sont deux contre un; eux, des militaires ha-
bitués au maniement des armes; moi un
homme d'étude, un magistrat, qui n'ai jamais
touché une épée, ni vu luire l'amorce d'une
arme à feu.

— Eh ! qui vous parle d'un duel? un duel
pour venger une injure ! jouer sa haine à
croix ou pile ! vous me prenez donc pour un
insensé? Oui, un duel, je le concevrais si la
victoire restait au bon droit, à l'offensé. Mais
c'est le plus souvent lui qui succombe. Et
alors, comme le provocateur a injurié d'abord,
comme il a tué ensuite, où est le châtiment
qui lui est dû? Où sera la justice? Le duel n'est
plus ainsi qu'une prime d'encouragement donnée à l'insolence, une partie où les enjeux, pas
plus que les risques, ne sont égaux, et où cette
inégalité est toute contre l'offensé. Car il arrive, lui, avec son injure au visage, et, de

plus, il court la chance d'avoir une épée ou
une balle à travers corps. S'il succombe, il
s'en va battu de deux façons. L'offenseur arrive au contraire ayant déjà un avantage sur
son adversaire. S'il est tué, la mort ne fait que
rétablir l'équilibre, car, s'il a une balle dans
la tête, l'autre a un soufflet sur la joue. Non,
non, je ne vous conseillerai pas ce jeu de du-
pes où, comme vous voyez, on court la chance
de tout perdre pour n'arriver qu'à établir une
balance de compte; et où, après vous avoir
outragé, un homme croit avoir tout fait en
vous disant : Je suis à votre disposition; ce
qu'il serait mieux de traduire franchement
par ceci : Je vous ai souffleté, voyez s'il vous
est agréable que je vous tue par dessus le
marché. Eh bien! c'est là une sottise. Vous
m'avez souffleté, vous vous mettez à ma disposition, soit. Permis à moi de vous pardonner, si j'en ai le courage, mais si je veux une
vengeance, vous devez vous soumettre à me
la laisser prendre sans que je coure aucun

danger de votre part, afin que mon corps,
après avoir servi à vous faire la réputation de
hardi souffleteur, ne vous serve pas encore à
vous faire celle de spadassin habile. Allez, allez, ce sera là le seul moyen de chasser le duel
de la civilisation moderne. Or nous verrons
moins d'insolens estaffiers blesser le pauvre
monde, dans sa réputation ou ses intérêts, du
jour où les estaffiers sauront que, pour en
tirer vengeance, le pauvre monde n'est plus
conduit sur le pré par ce ridicule courage qui
vous force à offrir votre vie à celui qui vous
a déjà volé l'honneur.

— Alors vous voulez donc une vengeance
corse : l'assassinat !

— Non, non, point de mort de l'homme
par l'homme, l'Église a horreur du sang,
et l'Evangile dit : Qui frappe avec l'épée périra par l'épée. Mais il est des temps que Dieu
envoie, qui, tour à tour, sous les noms de
révolution et de réaction, accomplissent l'œuvre providentielle du châtiement sur les op-

presseurs. Ce sont là les époques réservées aux
opprimés, pour qu'ils se vengent sans mettre
leur vie au service de leur haine. Dans un jour
de colère, une émeute, plus sûrement qu'un
coups d'escopette ou de poignard, emporte
un ennemi.

— Mais c'est toujours le sang de l'homme
qui est répandu par l'homme.

— Non, mon ami, le peuple n'est point un
homme. Le peuple est la voix et le bras de
Dieu. Qui s'avise de lui demander compte de
sa besogne?

— Mais si celui contre lequel on veut ruer
le peuple tient le parti du peuple dont il est
l'ami?

— Alors, on se tourne de l'autre côté; et,
comme dans ces temps de révolutions et de
réactions, il se forme toujours des mécontens,
on fait à son ennemi un crime de sa popula-
rité; on relève ou on pressure quelques paroles, quelques actions imprudentes, on les
rattache à quelque bonne conspiration dont

on le fait l'ame ou le complice, et pieds et poings liés il arrive tout droit au bourreau.

— Mais le bourreau est un homme, c'est toujours du sang versé par l'homme.

— Le bourreau n'est point un homme... c'est une institution !!!

— Mais l'Evangile dit : Si un homme vous frappe sur une joue, tendez l'autre joue.

— C'est vrai ! mais l'Evangile ne prescrit point ce qu'il faut faire quand l'autre joue a été tendue et souffletée.

— Ne veut-il pas dire qu'il faut faire acte d'humilité et pardonner ?

— Il veut dire bien plutôt qu'il ne faut point s'émouvoir pour une première injure, parce que notre ennemi peut se repentir; et c'est seulement pour lui donner le temps de la réflexion et pour l'éprouver que l'Evangile dit : Tendez l'autre joue. Si votre ennemi ne frappe pas, c'est marque de repentir, il agit en chrétien; alors pardonnez, c'est votre devoir de chrétien. Mais s'il vous frappe, il témoigne par

là qu'il persévère dans son injure; il a cessé
d'être chrétien pour redevenir homme; faites
comme lui! vous êtes quitte envers l'humilité du chrétien commandée par l'Evangile,
satisfaites à la dignité de l'homme commandée
par la loi naturelle.

—Soit!... mais les moyens?

— Nos moyens? ils sont en nous... Vous et
moi, chacun dans son ministère, nous por-
tons une robe sous laquelle, comme sous un
voile impénétrable, peuvent s'agiter impuné-
ment les plus formidables passions. Quelque
voix qui parle en nous, le monde ne peut
l'entendre! quelque pensée qui nous dévore,
le monde ne peut la saisir! Quoique nous fas-
sions, qui que nous poursuivions, moi de
mes anathèmes, vous de vos réquisitoires,
ce n'est pas l'homme qui paraît; vous, c'est le
ministre de la loi; moi, c'est le ministre de
Dieu. Nous jetons l'ampleur, vous, de votre
toge, moi, de ma soutane, sur nos affections
et sur nos haines; et nos affections et nos hai-

nes ne sont plus les nôtres, elles deviennent celles de la puissance au nom de laquelle nous parlons et nous agissons. Nos actions et nos paroles sont un glaive dont cette puissance tient la poignée et dont nos mains dirigent la pointe. Je maudis, c'est Dieu qui maudit; vous châtiez, c'est la société qui châtie. Allez, allez, Dieu à venger et la société à sauver sont de formidables mots avec lesquels, aux temps de la réaction contre les époques révolutionnaires et les jours dits d'impiété et de désordres, on ruine et on écrase sans danger plus d'ennemis que n'en pourrait décimer toute une armée de pillards et d'assassins. Devant ces mots terribles la foule s'incline, la pitié se tait, l'amitié même recule. Ces mots qui tuent, nous avons mission de les faire entendre, vous, au parquet, moi, en chaire; je me charge de l'un, chargez-vous de l'autre! L'émeute populaire ou le bourreau viendront d'eux-mêmes en donner la dernière acception.

Le procureur impérial se taisait, la tête penchée sur sa poitrine, écoutant encore quand le prêtre ne parlait plus; était-ce stupeur? était-ce lutte intérieure du cœur? était-ce impuissance de l'intelligence perdue dans les mille réseaux de ces paradoxes de sang?

Le prêtre, lui, l'œil fixé sur l'homme de la loi, comme le serpent sur le passereau qu'il fascine, épiait ses moindres mouvemens, écoutait le plus léger souffle de sa poitrine, cherchait à lire sa pensée sur son visage, et guettait le premier mot qui allait sortir de sa bouche, comme si, pour l'y faire rentrer, il tenait en réserve une réponse à toute objection avant même qu'elle fût achevée.

Ils étaient encore l'un et l'autre dans cette position de mutisme et d'attente, lorsque la porte de la rue se referma subitement avec violence.

Ils bondirent sur leur siége, comme soulevés par une commotion électrique, et s'entre-regardèrent comme pour s'interroger.

Ils se virent pâles.

Quelqu'un fuyait-il après les avoir entendus? leurs regards seuls purent se communiquer ce soupçon.

Un homme se précipita dans le salon en refermant sur lui la porte.

II.

LE RÉFRACTAIRE.

— Qui êtes-vous ? que voulez-vous ? s'écria
d'une voix courroucée le procureur impérial,
en se précipitant vers cet homme dont le costume, moitié bourgeois, moitié militaire,
annonçait un déguisement non achevé.

Le prêtre, lui, avait froidement croisé ses
bras, après avoir, de chaque main, pris dans
sa soutanc des pistolets de poche, et il suivait
de l'œil les mouvemens et la physionomie de
leur malencontreux interrupteur.

Quand il eut entendu la voix et rencontré les
yeux du procureur impérial qu'il reconnaissait
bien, cet homme parut anéanti. Il s'adossa contre la porte à l'ébranler, comme si ses jambes
se fussent dérobées sous lui, et sa main laissa
retomber le bonnet de police que par un respect instinctif elle était allé brusquement arracher à sa tête. Mais sa langue resta clouée
dans sa bouche.

Le procureur impérial renouvela, avec plus
de violence, sa question qui n'avait pas eu de
réponse.

— Je suis perdu, murmura cet homme
sans lever les yeux, mais inclinant là tête du
côté de la fenêtre, comme s'il eût voulu saisir un bruit qui commeçait à se faire entendre
dans la rue.

— Tu sais donc chez qui tu es, reprit d'un air sombre le procureur impérial.

— Je le sais maintenant; avant d'entrer, je l'ignorais.

— Que voulais-tu donc?

— Un refuge.

— Contre qui?

— Je viens d'échapper aux mains des gendarmes.

— Misérable! Et la voix du procureur impérial était tonnante.

— Oh! par pitié! Et le fugitif étendait ses deux bras vers le procureur impérial pour implorer son silence, et il prêtait l'oreille au bruit d'armes et de chevaux qui retentissait au loin. Oh! par pitié, monsieur Dumoulin, pas si haut, ils sont à ma poursuite, et s'ils nous entendent, ils viendront ici.

— Et n'est-ce pas mon devoir de les y faire venir?

— Je le sais; mais auparavant consentez à m'entendre, vous me livrerez après si vous

voulez. Vous êtes deux et je suis seul ; et
voyez! j'ai des chaînes aux mains.

— Quel est ton crime? se hâta de dire le
prêtre, afin d'empêcher le procureur impérial de se lier trop vite par une décision conforme à ce qu'il appelait son devoir.

— J'ai déserté en allant rejoindre mes drapeaux.

— Depuis quand?

— Quinze jours.

— Où allais-tu?

— A Toulouse, où se trouvait le dépôt de
mon régiment.

— Pourquoi as-tu déserté?... tu es donc
un lâche!

— Oh! cria cet homme. Et cette interjec-
tion ressembla à un rugissement. Mais il s'ar-
rêta, car, en tordant ses mains, il avait se-
coué ses chaînes dont le bruit le ramena au
sentiment de sa position ; puis il cacha son front
dans ses mains.

— Ah! dit le prêtre, tu bondis sous l'épe-

ron, c'est bien ! Là où l'injure fait son sillon,
la reconnaissance doit creuser le sien. Où allais-tu quand on t'a arrêté.

— Dans ma famille.

— Ton nom?

— Tellier.

— D'où es-tu?

— De cet arrondissement.

— Es-tu parti seul pour ton régiment?

— Nous étions sept.

— Leur noms! attends... et le prêtre tira
de sa poche un papier sur lequel il portait les
yeux à mesure qu'un nom sortait de la bouche de Tellier.

— Goubert (Bastien), Audebert, Martron,
Husson, Lamon, Dubroca et moi.

— C'est cela! on ne nous a pas trompé dit le
prêtre, et ses yeux brillèrent de joie. Et tu as
déserté seul, continua-t-il.

— Oui, seul!

— Pourquoi n'avoir pas fait comme tes camarades?

— Une lettre de ma mère m'a arrêté en route.
Elle m'apprenait que d'impitoyables créanciers
allaient vendre la paille de son lit pour une misérable somme de cent écus qu'ils lui avaient
prêtée contre le titre d'une somme double.
Les intérêts, qui étaient de vingt pour cent,
et les frais de justice ont porté la somme pri-
mitive à plus de douze cents francs. Je venais
offrir les cent écus avec les intérêts légaux et
chercher quittance.

— Et si l'on te l'avait refusée.

— Alors...

— Eh bien! alors.

— Je me serais arrangé pour n'avoir plus à
faire bientôt qu'aux héritiers des prêteurs.

— Crime pour crime, assassinat pour vol!
Vous voyez, procureur impérial, ceci vous
regarde; il faut faire rendre justice à ce jeune
homme, afin qu'une juste vengeance privée
ne vienne point suppléer au silence du magistrat.

— Oh! dit Tellier avec amertume, mon

préteur est trop puissant ici pour que les magistrats......

—Son nom! son nom! interrompit vivement
le procureur impérial... et justice sera faite
de cet infâme juif. De tous côtés il me revient
des rumeurs sourdes, des plaintes à demi for-
mulées ; mais quand je veux aller au fond des
choses, les victimes se taisent, et se renvoient
l'une à l'autre toute la responsabilité de la
plainte.

— Son nom? reprit Tellier, à quoi bon? la
justice de la loi est étouffée depuis trois jours
par la justice du sabre. L'arrondissement de
La Réole est mis en état de siége, et aujour-
d'hui j'accuserais mon spoliateur devant les
tribunaux, que demain mon spoliateur me
traduirait devant le conseil de guerre. Et les
balles d'un péloton, en frappant le réfractaire,
feraient rentrer la plainte dans la gorge du
débiteur : le général viendrait en aide au
créancier.

—Ton créancier est donc un ami de F....?

— Oui, oui, un ami, un grand ami, interrompit Tellier avec une ironie marquée, et ravi de se voir compris à demi-mot.

— Je m'en doutais, murmura le prêtre. Et maintenant, silence ! Il courut vers la lampe et l'éteignit, puis, assourdissant ses pas, il s'approcha de la fenêtre.

Le bruit éloigné du galop de quelques chevaux s'approchait à chaque instant davantage, et il arriva bientôt devant la maison du procureur impérial avec un grand fracas d'armes et de piaffemens accompagnés de juremens énergiques. Les cavaliers allaient et venaient, donnant de la voix, s'arrêtant devant toute ombre qui se dessinait dans l'incertitude du crépuscule avec une apparence de forme humaine, puis, reprenant leur course en avant et retournant sur leurs pas, on eût dit une meute en chasse.

Après leurs explorations inutiles devant les embrâsures des portes et feuêtres des maisons qui longeaient la promenade, autour des arbres, et jusques dans leurs rameaux qu'ils frappaient de leurs sabres, les gendarmes s'éloignèrent.

Le prêtre entrouvrit les contrevents pour laisser arriver le jour qui commençait à poindre.

— Ils sont partis, dit-il en refermant la fenêtre et les rideaux; te voilà sauvé.

Tellier se jeta sur la main du prêtre qu'il porta à ses lèvres.

— Oh! merci, merci, lui dit-il; hélas! que puis-je faire pour vous, moi qui ne suis rien? D'ailleurs, en sortant d'ici, où irai-je?

— Patience, patience, mon enfant, çà le prêtre, nous ne laisserons pas notre œuvre incomplète d'abord, et ensuite tu sauras qu'il n'y a pas d'être si chétif au monde qui ne puisse rendre service à un plus fort que soi; plus d'un rat a, par gratitude, rongé les mailles du réseau qui retenait un lion captif.

— Oh! parlez, monsieur, disposez de moi. Ma mère sauvée ou vengée, je suis à vous.

— Ne t'occupe plus de ta mère; cette affaire regarde M. le procureur impérial et moi. Tu auras ta quittance, mon garçon.

— Oui, mais... Et il élevait ses mains pour montrer ses chaînes et l'impossibilité où il était de les ôter.

— Ah! cela? ne t'en inquiète pas, ces joujoux de gendarmes me connaissent; d'ailleurs nous sommes en bonne maison; et il souriait au procureur impérial. Celui qui donne le marteau pour fermer l'écrou possède aussi les tenailles qui l'ouvrent ou la scie qui le coupe.

Le procureur impérial sourit à son tour et fit un signe de tête affirmatif.

— Curé, ajouta-t-il, faites votre compte avec Tellier, et je me porte votre caution.

— Tu vois, Tellier, reprit alors le curé, tu es avec de braves gens. Va, va! ils ne demandent pas que tu leur donnes plus que tu n'as reçu d'eux. Or, en bonne règle, voici ce que tu as reçu : tu as déserté; ayant déserté tu as été pris; ayant été pris tu allais en prison; on

te retirait de la prison pour te traduire devant
un conseil de guerre. Dans un moment où il
faut ranimer ou retenir par la peur le dévoûe-
ment qui tiédit ou s'en va, tu aurais été condamné à mort tout d'une seule voix ; surtout
si, comme tu me le dis, ton créancier t'avait
jugé par la conscience et la bouche du président du conseil, qui trouvait ainsi moyen de
faire un exemple gouvernemental et d'arrêter
court tes criailleries de débiteur pressuré.
Tout compte fait, tu nous dois la liberté et la
vie. De plus tu nous devras aussi ta libération
de débiteur. Pour tout cela, en échange de
tout cela, je ne te demande, moi, que de te
mettre à notre disposition. Regarde bien à qui
tu as affaire : d'un côté un procureur impérial, c'est à dire toute la protection qui peut
être accordée à un citoyen par le magistrat
qui fait parler ou taire la loi, qui fait agir
ou arrête à son gré la force publique ; les
gendarmes te laisseront passer et les huissiers
te laisseront en repos. De l'autre côté, un

prêtre, moi ! c'est-à-dire toute l'influence que
le sacerdoce donne sur nos populations ! point
de maison qui te soit fermée, pas de famille
où tu ne sois le bien-venu, la nuit comme le
jour. Eh bien ! qu'en dis-tu ?

— Que m'importe tout cela.

— Tu refuses ?

— J'accepte, non pour tout ce que vous
venez de me dire, et dont je me soucie peu,
mais pour ce que vous venez de faire ; quand
je me dévoue, je ne regarde pas ce que mon
dévouement peut me faire perdre ou me rapporter. Gain ou perte, je me dévoue, voilà
tout.

— Ainsi ?

— Ainsi, je vous appartiens corps et ame.
A vous de veiller sur mon corps, monsieur le
procureur impérial ; à vous de faire que les
verroux se retirent, que les grilles s'enlèvent,
que les portes s'ouvrent d'elles-mêmes si l'on
me jette en prison, et de me venger si l'on me
tue. A vous de veiller sur mon ame, ministre

de Dieu, de me faire trouver les accommode-
mens qui existent, dit-on, avec le ciel, et de
me donner par avance l'absolution de tout ce
que vous me ferez entreprendre à votre service. Allons, le marché est conclu. Je parle-
rai, j'écouterai, j'épierai, j'agirai où je serai
sourd, aveugle, muet, cul-de-jatte, selon que
vous le voudrez, à toute heure du jour ou de
la nuit, sur terre ou sur l'eau, à pied, en voiture, à cheval, à la nage, en bateau. Commandez, je suis prêt. Car je n'ai plus une
pensée à moi, une volonté à moi; je vous appartiens, vous dis-je, et je vous appartiens
tout entier; vous êtes l'impulsion, je suis la
machine; vous êtes la tête, je suis le bras.

Le curé de Saint-Michel était tout émer-
veillé devant cette singulière nature d'homme
qui se révélait tout à coup par de si nombreuses paroles. Il ne perdit ni un geste, ni
une inflexion de voix, ni un regard de Tellier.
Après l'avoir long-temps examiné, même après
que celui-ci eût cessé de parler, il se tourna

tout à coup vers le procureur·impérial, et
frappant du poing sur le bras du fauteuil où
il était assis.

—Convenez, mon ami, lui dit-il, qu'il eût
été dommage que cela (et il montrait le réfractaire) eût été, comme un manant sans
intelligence, sans portée, augmenter la masse
de chair à canon que M. Bonaparte, notre
empereur, espère entasser de nouveau comme
une infranchissable barrière au-devant de ses
ennemis, nos bons alliés d'Angleterre et· de
Russie ! Ah! ça, mon cher enfant, et il se re-
tournait vers Tellier, vous n'êtes donc pas ce
que vous paraissez être...

— Un rustre et un imbécille, n'est-ce pas,
monsieur? Que voulez-vous? la joie d'être
sauvé m'a tourné la tête, et j'ai oublié que je
ne devais pas avoir plus d'esprit que n'en
couvre d'ordinaire l'habit d'un simple soldat.
Au reste, c'est peu, je suppose, un Jean-Jean
qu'il vous faut. Et avant que ma langue fût

déliée, ma figure vous avait laissé deviner que
je ne l'étais pas absolument.

— Qui donc es-tu ?

— Eh ! mon Dieu un jeune homme comme
on en voit mille ; une mauvaise tête, mais un
bon enfant au fond, qui aurait pu, tout
comme un autre, faire son chemin ; mais qui,
après avoir été quinze ans gâté par son père,
par sa mère, par la fortune qui alors donnait
à sa famille tout ce que la vie a de bon et d'ai-
mable, n'a pas eu le courage, quand la fortune
s'en est allée un beau jour par le trou qu'un
riche banquier fit à la lune en 1812, de se
soumettre à sa nouvelle condition de besoins
et de misères. Travailler pour vivre me parut
une fort ennuyeuse nécessité ; ma pauvre mère,
pour éloigner de son fils toute humiliation,
tout sentiment d'infériorité auprès de mes
camarades, a dévoré ce qui restait du grand
naufrage de notre fortune. C'est même pour
subvenir à quelques-unes de mes folies qu'elle
a contracté cet emprunt usuraire qui a causé

ma désertion. Enfin, quand la conscription est
venue, je n'avais à moi que mon corps et mon
intelligence. L'un, comme vous le voyez, leste,
délié et nerveux; l'autre, mal dirigée, capri-
cieuse, apte à toutes choses qui ne demandent
ni savoir profond, ni travail opiniâtre. La
conscription a pris mon corps pour lui faire
faire tête droite, tête gauche, et la charge en
douze temps; quant à mon intelligence, dont
elle n'aurait su que faire, je la gardais pour
mon usage particulier; mais puisque vous
avez repris le corps à la conscription, il est
juste que j'y joigne l'intelligence que je mets à
votre service.

—On n'est pas plus joyeux compagnon que
ce garçon-là, dit le curé. Ah! çà, répondez
franchement, par ce que de votre réponse va
dépendre le parti qu'on peut tenir de vous.
Etes-vous connu du créancier de votre mère?

— Il ne m'a jamais vu.

— Mais il sait votre nom.

— Qu'importe, il y a au moulin..... Parole d'honneur, j'allais me dire une sotisse, bah!

—Bah! ne te gêne pas, mon enfant; tu veux dire qu'il y a au moulin plus d'un âne qui s'appelle Martin. Au fait, j'aurais dû y songer, le nom ne fait rien à l'affaire. Je suis prêtre, moi, et je porte bien le nom d'un philosophe! pour prendre un serviteur ou un ami, on ne s'inquiète pas du nom qu'il porte.

— Est-ce que vous voulez?...

— Ah! Ah! Voilà que déjà tu fais des questions? où donc est l'obéissance aveugle.

— C'est juste.

— D'abord, nous allons t'enlever ces chaînes; puis, tu vas te mettre au coin de cette table, et faire quelques copies de ceci.

—Comment? des vers? dit le procureur impérial qui s'était approché, et regardait par dessus l'épaule de Tellier qui avait pris le cahier des mains du prêtre. Des vers! Eh à quoi bon; et de qui sont-ils?

— Des deux frères, mon cher, qui, non

contens de faire le commerce des grains, en-
tretiennent aussi commerce avec les muses et
non contens de pressurer la bourse du pauvre
monde, leur décochent des épigrammes ri-
mées par dessus le marché..... Oui, mon
ami, ces foudres de guerre sont aussi des
troubadours, la lyre et l'épée comme aux
temps chevaleresques. *Arcades Ambo*, Alexis
et Coridon, comme dans Virgile..... Ah ! Ah !
Messieurs, vous grugez les fils de famille,
vous courtisez leurs mères, et vous en donnez
à garder aux pères et aux maris?... Eh bien,
nous verrons comment vous vous en tirerez...
Il y a là, voyez-vous, mes amis, de quoi leur
mettre aux trousses tous les jeunes muscadins
de la ville, dont ils se moquent; leur faire arracher les yeux par les femmes, dont ils ont
chanté jadis la beauté ou les faveurs, et les faire
tuer ou bâtonner au moins par les mains dont
ils ont fait, ou dont ils racontent l'infortune.

— Si quelqu'habitant du pays n'a point ici
son couplet, et que vous ayez besoin qu'il

soit au nombre des vexés, vous n'avez qu'à
parler, dit Tellier, nous lui fournirons son contingent poétique.

— Comment! poète, toi aussi? dit le prêtre en riant aux éclats; mais tu es une bonne
fortune, en vérité!...

—Ah! çà; mais d'où avez-vous tiré cela? dit
au prêtre le procureur impérial.

— La soutane, mon ami, la soutane! je
vous l'ai dit, elle obtient et recèle bien des
choses. Une mienne pénitente s'accusa un
jour d'avoir reçu des verts galants de l'un de
nos céladons, de tous les deux même, je
crois. Je voulus les voir; elle me les remit en
dehors du confessional, un soir que je soupai
chez elle; comme là, je n'étais plus prêtre, je
me mis... —ils ne valaient pas le diable, mais
cet égal,—je me mis à en vanter la tournure,
l'expression, le sentiment exquis; alors voilà
ma penitente qui s'échauffe, et me dit : Que
je n'ai là qu'une des moindres preuves du talent poétique de nos jumeaux. Je témoigne du

doute. La belle se pique au jeu, et se fait forte de me communiquer le recueil. Le voilà..... j'y ai trouvé de quoi faire battre entre elles deux montagnes ; jugez donc des hommes dans une ville sur laquelle est passée l'année 1814, et que travaillent encore des vexations impériales. Ainsi à l'œuvre, et quand chacun aura le paquet à son adresse, vous verrez qu'il nous restera peu de choses à faire.

Allons, à l'œuvre. Je cours chez ce cher M. Pirly, notre sous-préfet, pour le faire conspirer avec nous, et prendre des passeports en blanc. Tellier, il y en aura deux pour vous, avec recommandations. Un au nom de Napoléon, l'autre au nom de Louis XVIII, afin que vous puissiez travailler dans les deux camps. Cela fait, je reviens, et nous dressons notre plan de campagne en commun.

Le prêtre sortit. Le procureur impérial ouvrit le cadenas qui fermait les chaînes de Tellier, et celui-ci prit une plume, et copia les pièces de vers indiquées.

III.

CORPS ET AME.

———

Les deux hommes, contre lesquels ces trois autres coalisaient leur haine pour les poursuivre, étaient César et Constantin Faucher, deux frères nés le même jour, à la même heure et de la même mère. Dans les histoires plus qu'apocryphes des Ménechmes, dont la comédie s'est emparée, il est peu d'exemples d'une nature plus complètement identique que celles de ces jumeaux de La Réole.

La conformation extérieure de leur corps, les traits de leur visage, leur physionomie même, leur donnaient une ressemblance si frappante, qu'elle trompa quelque fois leurs parens eux-mêmes ; leur mère ne pouvait les distinguer que par la couleur et la forme différentes des vêtemens qu'elle avait adoptés pour chacun d'eux ; plus tard, dans leurs garnisons, pour éviter les méprises, ils furent obligés de porter une fleur différente à leur boutonnière, et, lorsqu'ils s'amusaient à changer ces indices, on conçoit à quelles scènes divertissantes devaient donner lieu de continuelles et inévitables méprises.

Mais cette ressemblance n'éclatait point seulement dans les traits du visage qui faisaient de leurs têtes deux épreuves d'un même moule. Elle se fit remarquer surtout et prit quelque chose de phénoménal par l'intimité des rapports qui, liant leur esprit et leur ame, avaient fait d'eux, comme le disait le prêtre Rousseau au procureur impérial, un être bicéphale ayant pourtant, chacun à soi, un corps entier et une ame complète. Ici le roman ne peut que se servir des documens conservés par l'histoire; ils vont bien au-delà de toutes les fictions qu'un romancier pourrait inventer. Les recherches de la science du phrénologiste se sont enrichies de détails curieux sur le développement des facultés intellectuelles des deux frères, de leurs goûts et de leurs rapports qui, différens d'abord à leur naissance, ont fini par se fondre, se mêler dans un contact journalier, et par ne plus sembler qu'une même intelligence, un même sentiment; ainsi deux lignes parallèles, distinctes et séparées à leur naissance, semblent se joindre dans l'éloignement et n'en faire plus qu'une à leur extrémité.

L'un des jumeaux, César, au moment de sa

naissance, était d'un tiers moins grand et moins fort que son frère. Confié à une bonne nourrice, chez laquelle il resta deux ans, il devint grand et fort.

L'autre, Constantin, fut au moment de sa naissance d'un tiers plus grand et plus fort que son frère ; confié à une mauvaise nourrice, il en sortit à l'âge de deux mois, étique, ayant eu la petite vérole, devenu tout rachitique, les jambes tournées sens devant derrière. Presque mourant, jusqu'à l'âge de sept ans, il ne pût marcher qu'à cet âge à l'aide d'un appareil à bandes de fer, qui ramena peu à peu les jambes dans leur direction naturelle.

Leur éducation se ressentit de l'âpreté des mœurs provinciales à cette époque, et de l'abandon dans lequel les enfans étaient tenus durant le premier âge, en Gascogne surtout. Leur nourriture était saine, mais simple et grossière ; accoutumés à courir les champs, la tête et les pieds nus, ils acquirent de la force en se développant.

Quand vinrent les années de leur adoles-
cence, et durant le cours de leurs études, César montra plus de facilité dans les exercices
du corps; il dessinait, écrivait mieux, tirait
mieux des armes, aimait la chasse et se montrait adroit au tir, mais il n'était pour cela ni
hargneux ni querelleur.

Constantin fit preuve d'une mémoire plus
heureuse, de plus de facilité à apprendre; il
aimait moins la chasse, elle ne lui semblait
qu'une fatigue, il était maladroit au tir et se
montrait querelleur et hargneux.

Au 1er janvier 1775, ils entrèrent aux chevau-légers de la garde du roi, et, au mois
d'août 1780, ils passèrent officiers dans un
régiment de dragons.

César, en 1784, fut atteint par la petite
vérole, et, en 1785, il eut une fièvre maligne
qui le faillit emporter. Sa convalescence fut
longue, et, depuis cette époque, il fut plus
impatient, plus facile à émouvoir. Ses facultés
intellectuelles s'étaient développées plus tard

que celles de son frère, mais elles avaient plus
de force, son goût était plus pur dans les arts,
dans les lettres. Ses affections amoureuses
avaient aussi leur objet dans les classes élevées.
Il se laissait volontiers aller à la plaisanterie et
saisissait avec facilité les ridicules.

Constantin, dans l'été de 1787, fut assailli
par un bourdonnement d'oreilles qui l'assour-
dissait et qui augmenta au point qu'il ne pouvait entendre les commandemens généraux,
aux grandes manœuvres du camp d'Alsace,
et qu'il était obligé de deviner à l'œil ce qu'il
devait faire. Ce bourdonnement dura près de
six ans et disparut peu à peu. Ses facultés intellectuelles s'étaient développées plus tôt, elles
avaient plus de facilité, mais il n'avait pas le
goût assez sévère, et ce qui était ornement,
bien qu'inutile, le séduisait aisément. Ses affections amoureuses eurent leur objet dans les
classes inférieures. Il était sec dans ses obser-
vations et le plus souvent il se taisait.

C'est là tout ce qu'il y avait d'opposé entre

les deux frères; voici maintenant par quels points nombreux leur esprit et leur ame se touchaient pour ne former qu'un esprit et qu'une ame.

D'un naturel curieux et avide de nouveautés, ils passèrent avec ardeur des recherches sur l'électricité à l'étude du magnétisme ; ils aimaient les voyages et les découvertes et se livraient volontiers à l'exercice du cheval. Joyeux compagnons, ils recherchaient les fêtes, mais ils se plaisaient surtout à celles qui sont simples et sans éclat. Au goût de la peinture, de la statuaire et de l'architecture, ils joignaient celui de tous les beaux arts. La musique du *Devin du village*, avait pour eux plus de charmes que les morceaux de grands opéras. Ils étaient plus frappés du reste d'un manque d'harmonie dans les vers que dans la musique. Il faut dire aussi que l'un n'avait pas dans la voix plus de justesse ou d'agrément que l'autre.

En 1789, ils s'enthousiasmèrent pour ce

qui annonçait devoir être si grand et si beau.
Depuis cette époque, ils se montrèrent partisans des réformes et de toute amélioration qui
surgissait avec ce caractère. Dans leurs con-
victions, le bien du peuple, la gloire de la
patrie, l'indépendance nationale et l'intégrité
du territoire passèrent toujours avant les intérêts de dynastie et les ambitions qui s'y ratta-
chent.

Ils aimaient d'amour avec abandon, d'amitié avec tendresse. Ils n'oublièrent jamais un
témoignage d'affection, mais aisément une
marque de malveillance; cet oubli, du reste,
ils en convenaient eux-mêmes, ne tenait ni à
des sentimens religieux, ni à une résignation
de haute philosophie; il venait probablement
de la fatigue que suit toujours le souvenir
d'une injure, et du soin que les deux frères
prenaient pour repousser tout ce qui cause
de la douleur. Quelques personnes aussi n'a-
vaient vu, dans cette manière d'être, qu'une
faiblesse de caractère, déguisée par l'amour-

propre, sous une fausse indifférence. Mais il n'en était rien, les deux frères sentaient vive-ment ; seulement, dans toutes les circonstances de la vie, au plus fort de leurs émotions et de leurs pensées douloureuses ; ils avaient la faculté de se distraire en reportant leur imagination sur des objets réels ou imaginaires.

L'oppression les révoltait ; et leur résignation avait toujours à son aide la gaieté d'une bonne conscience. La médiocrité, qui se gonfle et se bouffit, les trouvait pleins de dédain. On pourrait même leur reprocher d'avoir été enclins à l'ironie et à la satire, si ce penchant n'était pas trop souvent justifié par le vice et la sottise ; mais le travers qui exerça le plus d'influence sur leur vie entière, fut une certaine légèreté dans les jugemens qu'ils portaient, et une confiance excessive qui les exposa aux surprises et aux lâchetés de l'amitié qui se présente avec des dehors brillans et le masque des faux semblans. L'affection qui unissait ces deux frères, les rapports intimes qui se trouvaient et se

confondaient en eux, les préserva de passions
vives ; et ils se vouèrent au célibat, comme s'ils
avaient craint de voir se rompre l'unité de leur
ame par l'impossibilité où ils auraient été de
trouver, pour se les adjoindre, deux autres ames
qui, semblables entre elles, le seraient aussi à la
leur. Peut-être alors auraient-ils cessé d'être la
réalisation vivante de cette poétique fiction de
Montaigne qu'ils aimaient tant :

« Leurs ames, confondues par un mélange
entier et universel, s'effaçaient l'une dans l'autre. On n'y voyait qu'une ame et l'on ne trouvait point la marque du nœud qui les avait
lié. Leurs existences , leurs volontés n'avaient
rien d'individuel et restaient perdues dans
leur fusion. »

IV.

DESTINÉES.

———

Ceux que la nature avait si étroitement unis, par les rapports intimes de l'ame et du corps, ne furent pas séparés, même par les événemens de la vie : comme si la nature, logique jusque dans ses bizarreries, avait voulu que dans ces deux frères tout, même leur destinée, pût faire dire : chacun était deux, tous deux étaient un.

César et Constantin étaient, comme on l'a vu, entrés ensemble au service le 1er janvier 1775 dans les chevau-légers de la garde du roi, et ensemble ils passèrent officiers de dragons au mois d'août 1780. Ensemble ils reçurent de Voltaire, du patriarche de Ferney, comme on disait alors, des encouragemens et des leçons qui accrurent en eux le goût de la philosophie et des lettres qu'ils tenaient de leur père, Etienne Faucher, un brave et digne officier, chevalier de Saint-Louis et de Saint-Michel, qui, retiré du service militaire en 1748, pour blessures graves, servit encore la France dans la carrière diplomatique, où il fut tour à tour secrétaire d'ambassade à la cour de Turin et chargé d'affaires près la république de Gênes ; plus tard il devint secrétaire général du gouvernement de Guienne. Comme leur père, César et Constantin surent allier l'étude de l'art militaire à l'étude des lois. Or, ce fut un assez plaisant spectacle que de les voir tous deux, le même jour, quittant un champ de manœuvre, et encore tout haletans, cacher leur uniforme sous une toge, dont les plis s'embarrassaient à leurs éperons, et, à la place du casque de dragon à la crinière flottante, se coiffer du bonnet carré des docteurs p soutenir leur thèse de licence, et mettre dans le même étui le diplôme d'avocat et le brevet d'officier.

Lorsque la grande ère de 89 s'annonça par les premiers craquemens du vieil édifice monarchique, la France se divisa en deux camps; l'un, peuplé d'hommes-en béquilles, culs-de-jatte râlant l'injure et la menace, les yeux en pleurs tournés vers le passé auquel ils se cramponnaient; l'autre, jeune, ferme sur ses jambes, la poitrine large, écoutant tous les bruits qui venaient de l'avenir, dont ses regards sondaient la profondeur, et vers lequel il se précipitait avec amour et foi. Dans l'un était le

privilége, dans l'autre l'égalité; dans l'un les
abus, c'est-à-dire l'aristocratie; dans l'autre la
réforme, c'est-à-dire le peuple. César et Constantin prirent parti pour le peuple; et on ne
sait quel est celui des deux qui alla le plus
avant dans l'estime et l'amitié de Necker, de
Bailly et de Mirabeau.

En 1791, César fut nommé président de
l'administration du district de La Réole et commandant des gardes nationales de l'arrondissement; Constantin fut, à la même époque,
nommé commissaire du roi, puis chef de la
municipalité de La Réole.

Mais bientôt la Convention, pour défi, jeta
une tête de roi à la coalition armée de l'Europe qui menaçait d'envahir la France. Alors
César et Constantin qui, pour rêver la possibilité d'une monarchie constitutionnelle, l'u-
topie anglaise de l'alliance d'une royauté avec
la liberté, avaient compté sans la mauvaise foi,
le parjure des rois et les appels à l'étranger, se
rattachèrent à la grande et patriotique idée

d'une république. Cependant, ils se prononcè-
rent pour le fédéralisme de la France. Mais en
voyant qu'à son tour, pour faire triompher ses
opinions, la Gironde recourait à des moyens
dont la pureté pouvait être tenue en défiance
par les hommes qui ne transigent avec aucune
des exigences de l'orgueil national, de l'indépendance du territoire et de l'amour de la liberté, les jumeaux s'en retournèrent dans les
camps chercher un asile et une consolation
contre les haines des partis et les déceptions
des théories politiques. Ensemble ils s'élancè-
rent à la frontière pour rompre la ceinture de
baïonnettes et de canons avec laquelle l'étranger voulait garotter et étouffer la France républicaine ; et ils y poussèrent avec eux un corps
franc d'infanterie qui prit le nom d'*Enfans de
La Réole*. Ensemble ils conquirent les grades
les plus élevés, qui furent toujours le prix de
quelqu'action d'éclat, où chacun avait pris
une part égale ; et, le même jour, sur le même

champ de bataille, ils furent nommés tous
deux généraux de brigade.

Ils furent blessés ensemble le 13 mai 1793,
à l'attaque de la forêt de Vouvans, ainsi que
l'avait trop bien dit le prêtre Rousseau ; et
César, après l'opération douloureuse subie
pour l'extraction de la balle qui avait percé
sa poitrine, écrivait à sa mère, dans la chaleur
républicaine : « Je ne l'aurais peut-être pas
reçue ! mais comment la refuser : elle arrivait
revêtue des trois couleurs, avec un morceau
de mon habit bleu, un morceau de ma veste
rouge, et un morceau de ma chemise ; je ne
pouvais faire mauvais accueil à ces couleurs
nationales. »

La terrible Convention, qui soupçonnait
des ennemis de sa puissance même dans les
plus ardens défenseurs du pays, donna ordre
de suspendre César et Constantin de leurs
fonctions. Ils venaient de verser leur sang pour
la gloire et l'intégrité de la patrie, et on les
accusa stupidement d'avoir fait partie du co-

mité autrichien qui en rêvait et en préparait
l'invasion et le morcellement! Ils n'étaient pas
encore guéris de leurs blessures, que, par
suite de cette dénonciation partie du club des
Jacobins de Paris, ils furent traduits devant
le tribunal révolutionnaire de Rochefort. Ensemble ils furent condamnés à mort; ensemble ils montaient sur l'échafaud, et ils s'é-
taient donné le dernier baiser avant que leur
tête ne se le donnât dans le panier fatal, lorsque le représentant Léquinio fit surseoir à
l'exécution. Le jugement fut revisé et cassé.

Mais César et Constantin ne se vengèrent
pas sur la patrie des injustices du pouvoir;
sauvés ensemble, ensemble ils retournèrent
sur la frontière, et ils furent, en qualité de
généraux de brigade, attachés à l'armée de
Rhin et Moselle. Mais ils avaient plus consulté
leur patriotisme et leur courage que les forces
de leurs corps; et Bonaparte suivit alors à la
lettre l'avis de Kléber, leur ami, qui avait dit:
« Ils ne peuvent plus aller en avant; mais

qu'on les place comme pièces de position, et l'on verra. Je les connais, ils n'aiment point à aller en arrière. »

Le premier consul nomma Constantin sous-préfet de La Réole, le 3 avril 1800, et César membre du conseil-général de la Gironde, le 15 mai de la même année. Ils exercèrent ces fonctions jusqu'en 1803, et depuis, ils demeurèrent étrangers à toutes les affaires du gouvernement.

L'un et l'autre s'étant livrés à Paris à des opérations de banque qui dévorèrent une partie du patrimoine commun, ils résolurent d'aller terminer ensemble au sein de leur ville natale, dans le repos et dans l'oubli, une vie dont ils avaient partagé les traverses et les ennuis. Leur retour à La Réole fut une fête; ils devinrent les conseils du peuple et des habitans de la campagne. Ainsi aimés, honorés, ils vécurent heureux et tranquilles jusqu'à la fin de 1812. Mais alors des discussions d'intérêt, fruits d'une longue absence, leur suscitèrent des haines de famille. La sottise et l'envie s'en emparèrent, et la calomnie vint à leur aide; car la haine de certaines gens est acquise de droit à quiconque appuie sa supériorité et son influence sur une bonne réputation de vertus, de talens et de fortune. Les petites villes sont peuplées d'A-théniens désœuvrés et hargneux qui, dans les cafés, comme sous les pilliers des halles, aussi bien que dans les cotteries du coin du feu, sont toujours prêts à écrire sur la coquille de l'ostracisme le nom d'Arístide, par cela seul qu'ils sont fatigués de l'entendre appeler *le Juste.*

V.

1814.

Les étrangers venaient d'envahir la France. Les deux frères qui, en 1803, s'étaient démis de leurs fonctions pour ne pas se rendre complice, en la servant, de l'usurpation de Napoléon dont leur fierté républicaine ne pouvait s'ac-

commoder, crurent devoir faire à la patrie le
sacrifice de leurs opinions. En face de l'Europe
armée, ils virent qu'il ne s'agissait plus de l'intérêt et de la dynastie d'un homme, mais
qu'il y allait de l'honneur et de l'indépendance du pays, et que toutes les passions,
qui avaient pu diviser ses enfans, devaient se
taire devant sa grande voix qui criait au secours. Quelque épuisé que fût leur sang, ils
en retrouvèrent dans leurs veines d'assez
chaud et en assez grande quantité pour le con-
sacrer encore utilement à la défense de la patrie. Rêvant les beaux jours où le peuple
en masse jetait aux frontières les quatorze armées qui les balayaient, ils redemandèrent du
service ; et, se rappelant les paroles de Kléber,
ils offrirent de défendre une partie de la rive
droite de la Garonne.

Pour qui se souvient de la situation de cette
partie du midi, à cette époque, ce u'était point
là une offre à dédaigner. Le maréchal Soult
allait couvrir Toulouse; le maréchal Suchet

devait, avec son armée de Catalogne, couvrir
la ligne des Pyrénées orientales; il restait donc
à couvrir la ligne sans défense qui, par Bordeaux, ouvrait le midi à l'invasion anglaise.

Les dernières lignes, qu'après la bataille
d'Orthez l'armée française avait laissées dans les
départemens des Hautes et Basses-Pyrénées,
du Gers et des Landes, pour couvrir la route
de Bordeaux, venaient d'être rompues à Aire,
et un corps-d'armée, commandé par le général Beresford, s'avançait à travers les Landes
de Mont-de-Marsan et de Bazas vers le chef-
lieu de la Gironde. La rive droite de l'Adour
avait elle-même été abandonnée par les can-
tonnemens français qui se repliaient en toute
hâte sur Toulouse, vivement pressés par la
marche de Wellington qui voulait en finir
avec le lieutenant de Napoléon en même temps
que les rois de la Sainte-alliance devaient en finir
avec Napoléon lui-même. Cette double marche
de Wellington sur Toulouse et de Beresford
sur Bordeaux avait laissé inoccupé, entre ces

deux villes, un rayon de cinq ou six départemens, contenus à peine de loin à loin par
quelques escadrons de cavalerie, ou quelques
compagnies de fantassins. Certes, ces départemens pouvaient devenir le théâtre d'une
bonne guerre pour harceler incessamment
l'ennemi, enlever ses convois, lui tuer bien
du monde à l'affut, et couper toutes les communications entre les deux corps d'armée de
Wellington et de Beresford. Ainsi, dans le cas
où Napoléon, arrivé deux jours plus tôt devant
Paris, eût arraché sa capitale aux mains de
ceux qui la vendaient, cette partie de la
France serait devenue le tombeau de l'invasion
méridionale retournant aux Pyrénées, comme
les plaines de la Champagne et de l'Alsace aurait été celui des rois du nord battant en retraite vers le Rhin. Dans le cas où Napoléon, au lieu d'abdiquer à Fontainebleau, eût
voulu, à la tête de sa garde, faire une trouée
par-delà la Loire, pour se réunir aux maré-
chaux Soult et Suchet et recommencer avec

eux la conquête de la France en étouffant l'é-
tranger au cœur du pays, les frères Faucher,
à la tête des populations soulevées, auraient
été un obstacle insurmontable à la réunion de
toutes les forces anglaises sur un seul point.

C'était là les bonnes chances de salut que
les deux frères avaient fait entrer dans leurs
calculs stratégiques. Mais, hélas ! c'étaient
ausssi celles-là qu'avaient entrevues les hommes de qui ils attendaient l'autorisation d'entrer en campagne, et c'est précisément pour
cela que ces hommes n'en voulaient pas entendre parler. Ils la refusèrent. C'est que dans
ce temps, pendant que Napoléon et la grande
armée enfantaient prodiges sur prodiges dans
les plaines de Montmirail et de Champaubert,
pendant que des hommes de courage se le-
vaient de tous côtés, demandant des armes
pour repousser les étrangers, il y avait au
pouvoir des gens qui, ingrats et traîtres, pro-
pageaient la défection, garottaient le patriotisme, et pour vendre et livrer Paris, atten-

daient seulement que l'étranger leur en eût
offert un prix honnête.

Paris était le foyer de ces lâches intrigues,
qui s'agitaient dans le conseil même des grands
dignitaires que Napoléon avait fait les déposi-
taires de sa puissance, et qui lui avaient promis de sauver la France et sa dynastie. Le
nord était inondé de leurs émissaires chargés
de leurs instructions désorganisatrices.

Mais la ville de Bordeaux avait eu le triste
honneur de l'initiative dans le plan et la mise
en œuvre de toutes ces perfidies de haut et de
bas étage qui travaillaient à ce que la France,
sans s'émouvoir, passât la tête dans le collier
que lui apportaient les rois de l'Europe. Une
société royaliste avait été formée dans cette
ville par des hommes qui avaient été les agens
des diverses insurrections, dont plusieurs
points du midi de la France, sous la Convention, avaient été tour à tour le théâtre. Mauvaise queue de cette *jeunesse dorée* qu'enfanta
la réaction thermidorienne, qui n'avait arra-

ché la France à la guillotine du bourreau, que
pour la livrer aux poignards des *compagnons
de Jéhu*. Ces chefs de clubs royalistes avaient,
dans ce temps, proposé aux Prussiens et aux
Autrichiens de chasser les Français des lignes
de Weissembourg, et de les tenir en échec,
pendant que le prince de Condé se jeterait
dans la Franche-Comté, et s'avancerait vers
Lyon, où ils promettaient de faire proclamer
Louis XVII et la restauration du gouvernement des Bourbons. Mais le siége et la prise de
Lyon avaient déjoué leurs projets. Ils avaient
ensuite, sous le Directoire, tramé ces mille
petites intrigues où Pichegru devait jouer le
rôle de Monk, et que Fauche-Borel, libraire
de Neufchâtel, le figaro du royalisme, était
venu nouer jusques dans la cabinet de Barras;
mais elles avaient été rompues par l'épée, du
consulat. Puis, quand Napoléon eut mis la
main sur la couronne de France, ces messieurs
se résignèrent à trouver qu'ils n'étaient pas de
taille à la lui enlever. Mais quand les désas-

tres de nos armées firent prévoir que la victoire fatiguée laisserait retomber un jour
l'homme qu'elle avait si long-temps porté sur
ses ailes, ils ravivèrent en sous-œuvre leurs as-
sociations, et se tinrent prêts à profiter d'une
chûte dont un discours de leur compatriote
Lainé, au Corps-Législatif, avait été le sinis-
tre son de cloche. Les divers clubs royalistes du midi furent réorganisés et entrèrent
en communication avec la société bordelaise
qui annonça à ses affidés qu'elle allait faire,
avec Wellington et l'armée anglaise à Bordeaux, ce qui n'avait pu être fait jadis à Lyon
avec la première coalition des rois du nord.
C'est cette société bourbonnienne qui, dans
le mois de décembre 1813, engagea le duc
d'Angoulême à se cacher dans les bagages de
l'armée qui, par la frontière d'Espagne, se
ruait sur la France; et, dans les premiers
jours de 1814, c'est elle qui infesta le midi
d'une proclamation de ce prince. Enfin, lorsque, par la retraite du maréchal Soult sur

Toulouse, la route de Bordeaux eût été laissée
libre , c'est elle qui envoya à St.-Jean-de-Luz
le marquis de Laroche-Jacquelein supplier les
Anglais d'envoyer à Bordeaux , pour assurer
le triomphe de leur cause , un corps d'armée
de trois ou quatre mille hommes. Ramas
d'intrigans qui , traîtres envers le pays, se disaient fidèles aux Bourbons , comme si l'honneur et l'inviolabilité du pays devaient être sa-
crifiés jamais à de misérables intérêts de dynastie !

Malheureusement, tous ces beaux program-
mes de restauration , dont une poignée d'avocats façonnait le langage doré, se trouvaient
aller au-devant des vœux et des besoins de
cette partie de la France : les mères se pas-
sionnaient pour un nouveau règne qu'on leur
disait ne plus vouloir mettre leurs enfans en
coupe réglée, pour en faire de la chair à canon, suivant les expressions du jour. Le haut
commerce voyait déjà le tonnage et le frêt rapporter les millions dont le blocus continental

avait un peu tari la source ; les propriétaires
des vins du Médoc pleuraient de joie en entendant ces mots répétés en chœur : *Plus de
droits-réunis !*

Mais en dehors de tout ce monde qui sacri-
fiait la nationalité à l'égoïsme, ou qui rêvait les
titres et les dignités dont toujours on espère assez sottement qu'un nouveau règne ne manque
jamais de déverser la rosée sur ses partisans, il
y avait des gens mieux avisés qui avaient vécu
sous le régime de ce prétendu bon vieux temps,
dont le retour était rêvé par quelques avocats,
par ces *idéologues* qui en voulaient à Napoléon
pour la mince estime qu'il faisait de ces enfi-
leurs de phrases. Or, ces gens avaient peine à
croire que, rentrés en croupe de l'étranger,
messieurs les émigrés n'eussent point la bonne
envie de faire reculer la France au point où ils
l'avaient mise avant 89, et de la châtier de la liberté grande qu'elle avait prise de les jeter à la
mer comme mauvais bagage qui gênait la manœuvre et la marche du navire. Alors, comme

revers de médaille au programme des beaux par-
leurs du barreau, ils allaient disant partout que
la restauration était en perspective, la noblesse
avec ses priviléges, ses droits de seigneur, ses
colonels au berceau et les coups de bâton pour
les créanciers qui réclamaient le montant de
leurs mémoires, ou pour les paysans qui ne
saluaient pas jusqu'à terre le hobereau sur
son chemin. C'était le monopole du droit de
chasse qui laissait dévorer les récoltes par le
gibier, ou les faisait fouler aux pieds des chevaux ou des chiens. C'était surtout la restitu-
tion des biens nationaux qui allait être une
source de ruine pour quelques familles, et de
perturbation pour le plus grand nombre ; puis
c'était le clergé, les couvens, la dîme et le
reste, enfin tout ce que 93 avait vaincu, jeté
à terre, qui allait être remis sur pied et re-
crépi à neuf !

Le club royaliste de Bordeaux n'ignorait
pas que les frères Faucher étaient les infati-

gables et influens propagateurs de cette opposition qui s'agitait pour étouffer la trahison
sous le patriotisme, et dont on savait qu'elle
travaillait à soutenir ses discours par une le-
vée d'armes. Les Bordelais ne laissèrent pas
que d'en être fort inquiétés, malgré les trois
mille Anglais que leur amenait le général Bé-
resford, et les bonnes nouvelles que leurs affidés leur faisaient parvenir sur les bonnes dispositions du gouvernement à Paris. Ils envoyè-
rent donc des émissaires à La Réole pour former un noyau de défection au sein de l'opposition même. Ce fut un travail facile : il y a
toujours des désœuvrés et des frippons prêts
à passer du côté où l'on parle d'argent et d'emplois ; et, dans une petite ville, il est difficile
à certaines ambitions de résister au desir d'être
sonneur de cloches ou garde champêtre. Ensuite, pour les sots, pour les envieux, pour
les importans qui, voulant être quelque chose,
ne peuvent arriver, parce que, en temps ordinaire, l'influence est toujours acquise au

mérite, c'est une si bonne occasion, pour sortir de sa nullité, que de s'affubler de l'influence de tout un parti! il est si doux de pouvoir attaquer ouvertement, comme dissidens politiques, ceux que l'on ôse à peine poursuivre par des réticences comme hommes privés et de les renverser en ruant contre eux les passions politiques auxquelles pour se hausser on donne le pas sur toutes les nobles passions qui constituent l'homme d'esprit et l'homme d'honneur!

Ce furent ce calcul et cet instinct de l'esprit de localité qui, habilement exploités, recrutèrent dans La Réole pour le parti royaliste tout ce qui avait la conscience d'une infériorité en tous genres; mais aussi, par cela même, le club bordelais comprit qu'il n'avait guère à se féliciter de toutes ses acquisitions; et pour les deux bonnes têtes de l'endroit, il eût vo-

lontiers donné tous ces moutons de Panurge,
au risque de les voir se mutiner et s'en aller ;
il savait bien que mutinerie de gent mouton-
nière dure peu, et que ratelier garni rappelle
bien vite à l'étable bétail échappé.

VI.

MYSTIFICATION.

———

Un soir donc , — ce fut vers le 1ᵉʳ ou le 2
mars 1814 , quelques jours avant que la *ville
fidèle* eût lâchement ouvert ses portes à l'invasion , — les jumeaux avaient vu arriver chez
eux , en grand mystère, le curé de St-Michel.

Leur surprise avait d'abord été grande, car
en mainte occasion ils avaient dans le monde
rencontré les dispositions peu bienveillantes
de ce prêtre, sans que toutefois ils se pussent
bien expliquer de cette hostilité en sous-œuvre, que rien de leur part n'avait rendu personnelle. Toutefois, ils lui avaient fait cet accueil poli, mais réservé, dont les gens bien
élevés ne se croient jamais dispensés, même
par de justes antipathies, et qui, dans les circonstances, à défaut du savoir vivre de la
bonne compagnie, aurait été commandé,
sinon par la personne, au moins par le caractère du visiteur. Leur surprise avait été
bien autre, lorsque, sans nulle circonlocutions et précautions oratoires, car il
savait bien à qui il avait affaire, le curé de
St-Michel leur débita avec emphase la nouvelle de l'existence du parti formé à Bordeaux
pour le rappel de la famille des Bourbons à la
suite des ennemis. A la confidence de cette
trahison, faite sans nulle vergogne, comme

s'il se fût agi d'une action bonne, naturelle, et
dont on n'avait ni à s'indigner ni à rougir,
les deux frères s'étaient jetés des regards d'é-
tonnement et d'interrogation, comme s'ils se
fussent consultés, bien qu'au fond de l'âme
chacun eût la conscience, par ce qu'il pensait
lui-même, de ce que pensait l'autre.

Mais César avait déjà vu sur le front de
Constantin se former les plis sombres et sé-
vères qu'y appelait d'ordinaire le mécontentement. Il se hâta donc de prendre la parole
avant que son frère n'eût jeté la réponse sèche
et brutale qu'annonçait de reste le mouvement
de ses lèvres, qui s'étaient pincées comme un
ressort près de se détendre pour frapper rudement. Il trouvait sans doute que l'indignation
finirait trop vite l'affaire, et qu'à devoir con-
clure par un refus, mieux valait le faire railleur que brutal. D'ailleurs, se disait-il, on
jouit bien plus de sa vengeance, parce qu'elle
dure davantage, si on humilie lentement les
gens à coups d'épingles, que si on leur balaffre

le visage d'un seul coup de fouet. Aussi, à
peine le prêtre Rousseau, de même les orateurs
qui terminent leur période par le mot sur lequel ils veulent le plus attirer l'attention,
avait-il fini sa confidence par les mots *association royaliste*, qui la terminait, que César
s'était hâté d'ajouter :

— Et vous venez, je gage, monsieur le curé,
proposer aux deux généraux de La Réole d'en
faire partie. Allons, avouez-le franchement ?

— Eh bien oui ! là, puisque vous allez si
bravement droit au fait, répondit le prêtre
après une courte hésitation. Puis il ajouta : et
de la part de ces Messieurs, je viens vous offrir.....

— Oh! oh! déjà des offres, avant de savoir
si nous voulons être des vôtres ! Déjà ces *Messieurs,* ainsi que vous les appelez, se partagent
et distribuent les faveurs et le pouvoir comme
si la France leur appartenait.

— Eh mon Dieu, oui, mes chers compatriotes ! Distribuer le pouvoir est déjà un sûr

moyen de se le faire donner par tous ceux qui
en espèrent leur part.

— Cela me semble une pétition de principes assez adroite, avait dit César avec un grand
air de bonne foi.

— Et puis, avait ajouté le prêtre qui s'était
laissé prendre à la moquerie, les offres faites à
un homme avant de savoir s'il est du parti qui
les adresse, est un très bon moyen d'influen-
cer sa décision.

— Par Dieu ! curé, avait repris Constantin
qui n'y pouvait plus tenir malgré les regards
de son frère, c'est du Machiavel tout pur ! cela
sent bien son Talleyrand; il doit être des
vôtres ?

— Et depuis longtemps, avait répondu le
curé sans se déferrer. Les purs du parti ont
bien fait un peu la grimace, mais il ne faut
pas refuser même le diable, quand le diable
fait les affaires du bon Dieu.

— Voilà de la tolérance, ou je ne m'y connais pas, s'était hâté de répliquer César pour

que la brusquerie de son frère ne vint rien
gâter ; mais, monsieur le curé, avez-vous
grande foi dans les initiations par intérêt ?

— Mes amis, avait dit le curé, et, par ces
mots, on voit qu'il avançait vite en confiance ; mes amis, avez-vous vu que la conscience, plus que l'intérêt, intervînt beaucoup
dans les affaires de ce monde ?

— C'est juste ; et nous n'y prenions pas
garde, avait assez sèchement répliqué Constantin.

— En vérité, avait ajouté Rousseau en se
prélassant dans son fauteuil et joignant ses
mains qu'il approcha de son menton, comme
pour se donner un air de jubilation onctueuse ;
en vérité, je me félicite de ne m'être point
laissé détourner par les discours de vos ennemis de l'intention où j'étais de venir à vous, et
d'avoir plutôt écouté vos amis.

— Ah ! avait fait César, et que disent-ils
donc nos ennemis ?

— Bast ! avait ajouté le curé de Saint-Mi-

chel d'un air paterne, ils vous jugeaient mal,
vous devez leur pardonner.

— Certainement!... mais encore que disaient-ils?

—Eh! mon Dieu! que vous étiez des révolutionnaires ennemis des rois, des scélérats de
républicains qui n'aviez plus voulu servir Bonaparte du jour où, pour escamotter la couronne, se faire empereur et se nommer Napoléon, il avait violé les constitutions de la république et fait sauter par les fenêtres le conseil
des Cinq-Cents ; que vous étiez entichés de la
souveraineté du peuple, et que, fort peu tou-
chés de la maxime : le but sanctifie les moyens,
vous ne trouveriez jamais ni bonne, ni française une association qui s'appuyait sur l'é-
tranger pour imposer un roi à la France ! Enfin mille autres sottises de cette force, et toutes
venant de gens qui ne voient pas plus loin que
leur nez.

—Ah! diable! avait repris César, nos ennemis ont dit ça de nous? Mais voilà, pardieu! de

fort honnêtes gens, qui, pour des ennemis, ont de nous une excellente opinion, et
nous font bien de l'honneur, je vous assure.
En vérité je voudrais les connaître, et j'irais,
tout de ce pas, les remercier. Mais nos amis,
que vous ont-ils donc dit, que vous les ayez
écoutés ?

— Oh ! ceux-là, avait répondu Rousseau
avec empressement et d'un air joyeux, sans
trop se douter qu'on se moquait de lui ; ceux-
là ont fait preuve de la plus haute estime pour
votre jugement et votre connaissance des hommes. Ils ont dit que vous étiez bien revenu de
vos opinions sur l'existence d'une république
qui vous avait condamnés à mort, vous qui
étiez au nombre de ses plus purs, de ses plus
chauds défenseurs.

— Eh ! eh ! fit César en souriant, c'est
comme l'Eternel, dans la *Guerre des Dieux* de
notre cher Parny, il lance la foudre, et la foudre va tuer un pauvre curé au lieu de frapper
le voleur que l'Eternel avait couché en joue.

—Impie! reprit, en souriant aussi, le curé
de Saint-Michel. Ils disent encore que vous
ne seriez nullement fâchés de voir Napoléon
Bonaparte puni par où il a pêché, perdant
cette couronne à laquelle il a tout sacrifié, et
au bout du fossé, creusé par son ambition,
faisant une bonne culbute.

— Et avec lui la France, murmura Constantin entre ses dents qui grinçaient.

Mais le prêtre n'avait pas compris, il continua donc :

— Vos amis disent encore, qu'il serait bien
de vous voir ajouter l'influence de fonctions
publiques à l'influence que vous ont acquise
dans le pays votre mérite, vos talens et vos
éminentes qualités de l'esprit et de l'ame; en
même temps, ajoutent-ils, que ce serait pour
vous un porte-respect contre les ennemis qui
vous harcellent, et un moyen d'humiliation
contre les ingrats qui ont oublié vos services;
ils en concluent que, dès-lors, vous verriez,
sans trop de déplaisir dans le gouvernement,

un changement qui vous permettrait, sans
être inconséquens avec vous-mêmes, de revenir sur le parti que vous aviez pris de vivre
dans la retraite.

    — Comment ils disent cela de nous? inter-
rompit César se contenant à peine lui-même.
Ils ont là de nous une fort jolie opinion! qui
nous flatte infiniment, mais qu'en bonne conscience nous ne méritons pas; non, parole
d'honneur!

    — Modestie! modestie, mes braves!

    — Et vous dites que les gens qui parlent
ainsi de nous sont nos amis?

    — Assurément.

    — Ainsi ce sont nos amis qui pensent que
nous allons donner un démenti à toute notre
vie, que nous allons renoncer à des opinions
pour lesquelles nous avons donné notre liberté et notre sang; que nous sommes de ceux
qui mettent l'intérêt de leurs passions au-dessus de l'intérêt du pays; que pour avoir le
plaisir de voir tomber la couronne d'une tête

impériale, que nous aimons peu, nous ap-
plaudirons aux mains qui, par la même occasion, veulent abaisser la France?... Ce sont nos
amis qui pensent que nous tiendrons à grand
honneur d'être fonctionnaires publics dans
un pays humilié, asservi, et que sous des col-
lets d'habits brodés d'or ou d'argent nous ne
verrons plus la trace du collier de honte et de
servitude que l'invasion nous aura passé au
cou?... En vérité ce sont nos amis qui nous
croient assez niais pour être persuadés qu'à
part la voix du patriotisme, qui parle en
nous, nous allons nous laisser prendre à toutes ces belles promesses que vous faites au
nom des Bourbons? croire que les Bourbons,
en rentrant, seront leurs maîtres et qu'ils n'auront pas à leurs trousses la meute affamée des
courtisans, des serviteurs et des victimes, qui
demanderont pour eux, leurs neveux, leurs
enfans, et pour ce qu'ils ont souffert et
perdu, et surtout pour ce qu'ils n'auront ni
souffert ni perdu? En vérité, curé, puisque

c'est là ce que nos amis pensent et disent de
nous, nous aimons mieux ce qu'en pensent et
en disent nos ennemis. Ces amis là sont de
grands impertinens, et sacrebleu si je les con-
naissais, nous leur frotterions les oreilles.

— Que voulez-vous dire, demanda le curé
avec un profond accent de confusion et reportant ses yeux de César à Constantin et de
Constantin à César, comme un homme qui se
réveillant en sursaut, au milieu d'une grande
foule, demande la cause du bruit qui a
frappé ses oreilles.

— C'est assez clair, ce me semble! il dit
que les amis qui tiennent de nous ces propos
sont des impertinens! j'ajoute, moi, qu'ils sont
des calomniateurs et que vous, qui vous en
faites l'écho, êtes un insolent que nous aurions
fait passer par les fenêtres si elles n'étaient au
rez-de-chaussée. Est-ce clair, cela?

La voix tonnante qui avait jeté à la face du
prêtre ces brûlantes paroles n'avait plus été
celle de César. C'est Constantin qui, malgré les

regards supplians de son frère, hors d'état de se contenir davantage, s'était levé de toute sa hauteur, et, les poings convulsivement fermés, s'était précipité vers le prêtre. Celui-ci n'ayant pas eu le temps de se mettre debout et de se reculer, se tenait le corps soulevé à demi au-dessus de son siége, l'œil attaché sur l'œil menaçant de Constantin dont le visage le touchait presque, et immobile dans cette posture où la parole ardente l'était venu frapper comme ces corps pétrifiés à Herculanum dans la position où la lave les avait surpris.

Après avoir achevé sa fougueuse apostrophe, Constantin avait jeté au prêtre un regard qui le nivelait avec la semelle de sa chaussure. Il s'était enfin éloigné, attiré par le bras de son frère qui, tout en lui reprochant son emportement, prenait en pitié méprisante le prêtre, dont il croyait que la peur avait plié le corps en deux ; mais cet homme n'était point de ceux qui gardent le pli. Car ce n'avait pas été nature poltronne chez le curé de Saint-

Michel, s'il s'était courbé, cela avait été nature
de prêtre ayant la conscience que les grands chê-
nes qui se tiennent droits contre l'orage sont bri-
sés et couchés à terre par le vent, tandis que le
roseau qui plie reste sur pied et relève la tête
quand l'orage est passé. Nature de dogue hargneux qui baisse l'oreille, ferme l'œil et se pe-
lote devant le bâton levé, mais qui bondit,
aboie et mord les jambes quand on a tourné
les talons.

Ainsi fit le curé de Saint-Michel, il répondit d'abord, comme le Tartufe, par des : *Quoi,
vous croyez?.... mon dessein...* et tous les faux
fuyans à l'usage des gens pris en flagrant délit
de lâchetés et de propositions infâmes. Mais
quand il vit que les deux frères n'étaient pas
hommes à se payer d'hypocrites raisons, il se
redressa fièrement, mit son chapeau sur la
tête et, de la sorte, compléta si bien sa ressemblance avec Tartufe chassé par Orgon,
que César partit d'un éclat de rire, et, tout
en ordonnant à un domestique qu'on recon-

duisit le prêtre jusqu'à la porte, ne put s'empêcher de lui dire :

— Pardieu ! curé, votre sortie est fort belle et tout-à-fait dans le goût de Molière ; allons, ferme, il n'y manque plus pour adieu que les vers de votre maître en tartuferie ; parlez, je fais le souffleur.

Et en même temps César se mit à déclamer :

« Je vous montrerai bien qu'en vain on a recourt,

« Pour me chercher querelle à ces lâches détours ;

« Qu'on n'est pas où l'on pense en me faisant injure,

« Que j'ai de quoi confondre et punir l'imposture,

« Venger le ciel qu'on blesse, et faire repentir

« Ceux qui parlent ici de me faire sortir. »

Le prêtre s'était froidement arrêté pour écouter cette tirade comique. Lorsqu'elle fut finie, un inconcevable sourire effleura ses lèvres, et, ôtant son chapeau, il dit en s'inclinant :

— Ces messieurs, je le vois bien, connaissent leurs auteurs classiques. Je les connais
aussi.

Puis, tout en se retournant pour s'en aller,
il déclama :

« Ma foi, sur l'avenir, bien fou qui se fiera,
« Tel qui rit vendredi, dimanche pleurera. »

— Bien riposté, cria César.

Cependant les deux frères, s'en trop s'en
avouer la cause, furent tristes toute la soirée.

VII.

LACHETÉS ET PATRIOTISME.

— Et ils pleureront! avait ajouté le prêtre,
lorsqu'après avoir retiré avec violence la porte
de sortie, et levant les yeux au ciel comme pour
le prendre à témoin de l'engagement qu'il prenait, il s'élança à grands pas dans la rue. On au-

rait dit que l'activité de sa pensée allait dépendre de la rapidité de sa marche. Il la ralentit
cependant au bout de quelques minutes et retourna sur ses pas, car il s'aperçut que, dans
sa préoccupation, il avait laissé derrière lui la
maison où il voulait aller et devant laquelle il
venait de passer deux fois. Il se composa le
visage et refoula au fond de son ame les sentimens qui l'agitaient, afin de les maîtriser et
d'en tirer parti selon les événemens.

Le parti royaliste, dans La Réole, ainsi que
dans presque toute la France du reste, s'était
formé non-seulement des ambitieux et des
mécontens de bas étage, dont j'ai rapidement
esquissé la physiologie et qui convoitaient les
emplois, les honneurs et le crédit qu'ils n'a-
vaient pas, mais encore de ceux qui tenant
ces emplois, ces honneurs, ce crédit, avaient
à cœur de les conserver. Tout ce monde vivant de criailleries et d'intrigues, gonflé de ja-
lousies, engraissé de promesses et bouffi de
suffisance, était rassemblé dans le bâtiment

des Bénédictins : — Antique et immense édifice
que la somptueuse piété d'un siècle spiritua-
liste avait élevé pour y abriter les grandes
pensées de la foi et les rêveries de la vie con-
templative ; mais où, depuis longtemps, les passions mondaines s'étaient fait de la robe ascé-
tique un hypocrite manteau pour leurs folles
joies, et qu'un siècle matérialiste avait utilisé
en le rendant l'asile des intérêts positifs de la
vie réelle. Car on y avait réuni la municipalité, la sous-préfecture, les tribunaux civil, cor-
rectionnel, de paix et de simple police. M. le
sous-préfet Pirly, un assez triste sire, à peine
à la hauteur de son emploi, — et de quoi
doit-on être capable quand on n'est pas capable d'être sous-préfet ! — avait prêté ses salons à ces honnêtes gens qui se faisaient la
meilleure mine du monde et qui, sous cape,
se moquaient de la crédulité les uns des autres.

— Bon ! disaient chacun des ambitieux qui
avaient couché en joue la place de sous-préfet, celle de maire, de procureur du roi, de

juge, quelqu'une enfin de celles qui, au bout
du mois, paient avec quelques écus la vente
du libre arbitre, jusqu'à ce que l'acheteur
n'en ait que faire, ou en trouve au rabais.
Bon! voilà M. le... (ici était le nom de l'emploi convoité, désigné par la qualité du titu-
laire) qui fait bien le royaliste pour garder sa
place. Il ne se doute pas qu'elle m'est donnée,
et qu'on ne lui en a promis la conservation
que pour l'attirer au parti. Va, va, tu aideras
à tirer les marrons du feu, mais je les man-
gerai.

    — Bon! dit à son tour chaque fonction-
naire en exercice, voilà ce pauvre M... (ici
était le nom du convoitant) qui sue sang et
eau pour se montrer dévoué aux Bourbons,
afin d'avoir ma place; mais il ne sait pas, le
pauvre homme, qu'on m'en a garanti la possession... Va, va, pousse au mouvement, mon
cher; tu ne te doutes pas que tu es une ma-
rionnette dont on laissera retomber les ficelles
quand on n'aura plus besoin de les faire jouer.

De fait il en était ainsi. Chacun, dans la bonne opinion qu'il avait de son mérite, et dans la mince estime qu'il avait pour son voisin, trouvait de quoi se leurrer; et, tout en travaillant à la vigne dont chacun espérait grapiller exclusivement les fruits, tous ensemble s'envoyaient mutuellement au diable de grand cœur.

On conçoit avec quelle anxiété ces petits messieurs attendaient la venue du prêtre Rousseau : ceux surtout dont l'ambition se haussait à la possession ou à la conservation des premières dignités de la petite ville ou de l'arrondissement. Quelqu'infatué que chacun de ceux-là fût de sa personne et de ses talens, il sentait bien que ses prétentions seraient sacrifiées, et que les deux frères obtiendraient les emplois dont il aurait pu leur plaire de faire là mise à prix de leur affiliation. Les sous-préfets et les maires, titulaires et expectans, en étaient surtout à redouter le retour du prêtre comme

un accusé redoute la rentrée de ses juges qui
sont allés délibérer sur son sort.

Mais à ces mots : — Nous ferons sans eux !
qu'en entrant, et jetant avec brusquerie son
tricorne sur une table, le curé Rousseau pro-
nonça, il se fit un murmure qui aurait éclaté
en félicitations si l'on n'avait pas été retenu
par la crainte de blesser le porteur de cette
bonne nouvelle, dont le visage et le son de
voix déguisaient mal le dépit. Certains désormais que le besoin d'unité et de co-religion
politique, n'allaient imposer à personne le sacrifice des rivalités et des cabales, dont les jumeaux étaient l'objet, la plupart de ces messieurs se retirèrent un à un et on ne peut plus
satisfaits, rassurés à l'endroit de leurs espérances, et raffermis dans leurs antipathies de
toute la peur qu'ils avaient eu d'être forcés de
les changer en semblans d'affection et de respect.

Il ne resta bientôt plus que les intimes, les
plus avancés dans les promesses des bonnes

grâces du pouvoir futur en dehors des emplois
de la localité, les fonctionnaires en pied qui,
retranchés dans leur place, avaient senti la
nécessité de se liguer pour tenir tête aux ambitions qui les assiégeaient pour les faire déguerpir, et les hobereaux du pays qui, venus
de leur gentilhommière, rêvaient déjà le banc
d'honneur à l'église et peut-être une place devant ou derrière les carrosses des princes.
Quand il se vit ainsi avec les hommes sur qui
tombaient d'aplomb les censures et les raille-
ries dont les deux frères avaient flétri les ambitieux et les traîtres et qui, par cela même,
devaient prendre parti pour l'injure qu'il avait
reçue, le prêtre ne se put contenir davantage.
Il raconta tout au long la manière dont il avait
été traité, et, avec une diabolique intention
de boute-feu, il distribua à ses auditeurs,
comme paquets à leur adresse, l'épithète
exacte qui revenait à chacun de ces petits
messieurs dans la patriotique sortie des deux
frères. On les voyait bondir l'un après l'autre

sous l'étrivière à mesure qu'elle leur arrivait.
Ils en furent tout d'abord étourdis, comme
après coups de fouet qui sanglent en plein
le visage. D'ailleurs il n'en était pas un là qui
n'entendît au fond de la conscience la voix
qui lui disait que ses œuvres étaient appelées
par le nom véritable. Ils en devinrent d'autant plus furieux, car ils sentaient que, pour
compensation à leur infamie qui était réelle,
ils n'avaient encore que l'espoir du succès
dont l'avénement seul peut donner l'effronterie qui la brave. Ce ne furent bientôt qu'injures, vociférations, rage écumante, menaces
désordonnées et projets à perte de vue de vengeance en délire. On parla d'apostrophes en
plein jour, d'appels sur le terrain, de coups
de canne, d'un bain dans la Garronne, et
même de bons coups de fusil dans les reins
au détour d'une rue ou au coin d'un bois.
Lorsque tous ces beaux emportemens se furent bien épuisés en projets, dans le cercle plus
ou moins restreint de leurs impossibilités, et

qu'ils furent devenus plus profonds par la
conviction même de cette impuissance, le
curé de Saint-Michel les reprit en sous-œuvre,
les raviva, et, leur imprimant le caractère de
prudence et d'astuce dont il eût pu tenir
école, il creusa un lit où ce torrent de haines
allait couler à plein bord.

— Voilà donc qui est convenu, dit-il à ces
cabaleurs de petite ville qui pavanaient la nullité de leurs stupides colères derrière la soutane d'un méchant ingénieux. Non seulement
il ne faut pas que notre royalisme leur soit
funeste, il faut que leur bonapartisme leur
soit mortel. S'ils échappent à l'un, l'autre les
frappera. Messieurs, vous surtout les fonctionnaires publics, il vous faut un masque.
Jouez le dévouement à l'empire jusqu'au bout
et nous serons bien malheureux si, pris à ce
faux-semblant et se croyant bien soutenus,
les jumeaux ne se jettent pas à l'étourdi dans
quelque échauffourée, dont nous aurons soin
de leur faire entrevoir les merveilles, et d'où il

se dépêtreront, sur le moment, comme il leur
sera possible, et, plus tard, comme nous le
leur permettrons.

Huit jours après ce misérable conciliabule,
par une belle et riante matinée du mois de
mars, les deux frères, sans s'être rien dit, s'é-
taient préparés, chacun de son côté, à sortir pour humer les premières et fraîches
émanations printannières que le vent, souf-
flant de la mer, apportait des campagnes
de la Gironde sur la promenade de grands
arbres qui dominent l'amphithéâtre des rues
de La Réole. C'est de là que les yeux rê-
veurs du poète et de l'artiste aiment à errer
sur les grandes et larges eaux du fleuve qui
coule aux pieds, et, aussi loin qu'ils peuvent
s'étendre, sur les moissons fertiles de l'Agenais
et sur les pampres qui couronnent les côteaux
de la Guienne. Riche tableau dont le fond est
formé par le vert rideau que jettent à l'horizon
les forêts de sapin qui se découpent sur les
sables luisans des grandes Landes, comme les

flots bleus de l'Océan sur la blancheur des grèves.

Je ne sais quel instinctif retentissement des rumeurs, qui devaient agiter la ville, avait hâté leur réveil! ni quel vague pressentiment, l'un de ceux que les Ecossais appellent seconde vue, et qui mettent au cœur des tristesses inconnues, mystérieuses et insurmontables à l'heure même où s'accomplit une catastrophe, avait poussé, à cette heure inaccoutumée, les deux frères loin de chez eux, comme s'ils en eussent été arrachés par une force irrésistible et surnaturelle? Chemin faisant, leurs pressentimens s'étaient fortifiés de tout ce qu'ils avaient vu ou entendu. Ils avaient rencontré les visages rians de quelques-uns des petits messieurs, moitié gentilshommes, moitié bourgeois, dont ils connaissaient les opinions et les espérances hostiles au pays, et qui leur avaient jeté les regards insolens et provocateurs du triomphe. Ils avaient vu passer aussi, tristes et la tête baissée, ou retenant à grande peine les témoignages

d'indignation du courage impuissant et comprimé, les hommes du peuple dont ils connaissaient le patriotisme.

— C'est donc vrai ! dirent-ils, lorsqu'arrivés sur la promenade et appuyés sur le garde-
fou, dont le mur descend à pic une hauteur
de vingt pieds jusqu'aux premières maisons
de la ville qu'il surplombe, les jumeaux eurent porté leurs yeux vers la rive gauche de la
Garonne. Dieu seul put savoir tout ce qui s'a-
gita dans leur ame de saintes et chaudes passions, car ils demeurèrent bien longtemps,
accoudés de la sorte, immobiles, consternés et
muets, comme si le sang avait été subitement
figé dans leurs veines, comme si leurs yeux,
privés tout à coup du regard, avaient été condamnés à une éternelle fixité. Seules, quelques
larmes qui glissaient de leurs paupières brû-
lées, et quelques paroles sans suite, rejetées vio-
lemment de leur poitrine soulevée, annonçaient,
par la torture intérieure, que la vie n'était pas
absente de ces deux corps sans mouvement

— C'est donc vrai ! répétèrent-ils enfin en s'arrachant au spectacle qui était devant eux, mais déjà moins tristes, comme des gens qui ont pris un parti.

Hélas ! ce n'était que trop vrai !... Les jumeaux n'avaient que trop bien vu, sur la rive opposée du fleuve, les habits rouges de quarante hussards anglais. C'était un poste avancé qu'après l'occupation de la petite ville de Langon, l'ennemi venait de placer devant La Réole afin de contenir ou d'éclairer les mouvemens que des partisans, dont on craignait la formation sous les ordres des jumeaux, auraient pu tenter sur la rive gauche, pour inquiéter la marche ou l'occupation des trois mille hommes de Beresford.

L'exclamation désespérée des deux frères, pas plus que leur morne affliction, n'avait échappé à quelques hommes survenus derrière eux et qui les environnaient à leur insu. Dans ce petit groupe, et les plus rapprochés du parapet, se trouvaient MM. Lavaissière,

Verduran et Peyrusse pour qui la consterna-
tion de César et de Constantin avait été l'objet de signes d'intelligences où perçait une
joie maligne, dont ceux-ci ne s'aperçurent
point, inattentifs qu'ils se montraient à tout ce
qui n'était pas la scène d'invasion accomplie
sur l'autre bord. Mais quand les jumeaux sor-
tirent de leur triste préoccupation, ces trois
hommes ne laissèrent lire, dans toute leur attitude, que l'accablement et la stupeur.

— Il serait pourtant bien facile, dit même
l'un de ces messieurs, à demi-voix, comme s'il
eût continué avec ses deux voisins seulement
une conversation engagée sur ce ton, c'était
M. Verduran ; il serait bien facile d'enlever ce
poste pour apprendre aux Anglais à respecter
un peu plus le territoire d'une ville qui ne les
a pas appelés.

Les deux frères se retournèrent vivement
vers le groupe d'où étaient parties ces bonnes
paroles, dont l'accent et les circonstances leur
firent croire qu'elles n'avaient point été dites

pour eux. Un éclair de joie rapide illumina leur
front ; car ils reconnaissaient dans ces hommes
de vieux amis en qui, depuis quelque temps,
ils n'avaient pas trouvé toute l'ardeur, toute
l'indignation qu'ils ressentaient eux-mêmes
contre l'envahissement du pays, et sur le
compte desquels ils savaient que de vilains
bruits avaient couru à l'endroit du patriotisme
et de l'ambition. César et Constantin furent
heureux de les entendre donner eux-mêmes
un démenti à toutes ces calomnies, et, en
supposant que ces vieux amis eussent faibli un
moment, de les voir se retremper à l'aspect
de l'occupation étrangère.

— Ma foi ! ajouta M. Peyrusse toujours sur
le même ton que son voisin, et comme s'il ne
se fût point aperçu de l'attention que leur
prêtaient les deux frères ; ma foi ! pour cette
brave besogne, je fournirai bien mon contingent de douze hommes.

— J'en trouverai bien douze aussi, qui me
suivront, répliqua Verduran.

— Je vous en offre autant, messieurs, dit
Lavaissière.

Les deux frères ne se purent contenir plus
longtemps quand ils virent si bien compris,
si vite exposés et secondés par d'autres, comme
si on eût assisté au travail intérieur de leur
ame, les projets qu'ils avaient eux-mêmes for-
més et, pour l'exécution desquels ils se de-
mandaient déjà où se trouveraient des aides
et des compagnons.

—Nous serons des vôtres, messieurs, dirent-
ils tous deux en s'approchant et tendant la
main. On eût dit qu'ils ne formaient qu'une
voix et qu'un corps tant il y avait eu de spon-
tanéité et d'ensemble dans leur mouvement.

— Et nous le voulons bien, répondit
M. Verduran sans jouer la surprise, et comme
si ses amis et lui avaient d'avance compté sur
le concours des deux frères.

Après cette courte et franche entrée en ma-
tières, il ne fut plus question que des moyens
d'assurer le succès du coup de main qui allait

être tenté. Quand tout fut dit, ces messieurs se séparèrent pour aller, chacun dans le rôle qu'il s'était donné, en hâter les préparatifs.

Le soir venu, et vers neuf heures, sous l'allée de grands arbres qui ombrageaient la cour située entre le mur d'enceinte et la maison des frères Faucher, il y avait une rumeur sourde de voix d'hommes et le bruit étouffé d'armes en mouvement. C'étaient les vingt-quatre patriotes que les généraux de La Réole s'étaient fait forts de réunir pour leur part dans l'expédition. Ils étaient les premiers au rendez-vous, et s'animaient mutuellement à bien faire pour l'honneur de La Réole et la liberté de la France. Braves gens qui avaient quitté le petit commerce de leur boutique ou leur établi d'artisans et d'ouvriers, et avec des paroles rudes, peut-être, avaient imposé silence aux larmes et aux terreurs de leurs ménagères, de leurs mères ou de leurs enfans, pour aller remplir leurs devoirs de bons citoyens.

— Les bateaux sont-ils prêts, maître Lanoir ? dit Constantin à un homme trapu, aux épaules carrées, aux favoris épais, aux mains, larges et calleuses, et qu'à ses amples pantalons tombant à mi-jambe, à son chapeau goudronné et à sa ceinture rouge, on reconnaissait pour un de ces patrons de bateaux plats qui exploitent le transport des denrées sur le littoral fertile de la Garonne.

— Oui, général, répondit le patron, les bateaux et les hommes sont prêts. Le vieux Jérôme Lanoir n'a jamais fait le paresseux quand il s'est agi d'une bonne affaire.

— Je le sais, mon brave, aussi je t'ai choisi pour nous porter de l'autre côté.

— Et sacrebleu! mon général, en cas de revers je ne vous y laisserai pas au moins! je vous attendrai tous jusqu'au dernier pour pousser au large... excepté pourtant...

— Les morts, n'est-ce pas? c'est trop juste.

— Surtout si j'en fais partie, dit froidement Jérôme.

— Comment, vieux, tu veux...

— Ah! ça, général, est-ce que vous vous êtes mis dans la tête que mes matelots et moi resterions les bras croisés, sur notre cabine d'arrière, à vous voir canarder ces rougets? Non, de par tous les diables! tout aussi bien, ils me doivent une revanche.

— A toi?

— Par Dieu! est-ce qu'un navire de leur satané commodore Smith ne m'envoya pas, à Alexandrie, un biscayen qui m'a arrangé le mollet de la jambe droite absolument comme si tous les chiens de Saint-Malo y étaient passés? Par suite de quoi Jérôme Lanoir, le vieux loup de mer salée, a été réformé et est devenu le marin d'eau douce, à votre service. Or, c'est ce virement de bord qui a été la cause que je n'ai pu jusqu'ici remercier messieurs les Anglais, comme cela se doit entre gens qui ont à la ceinture une bonne hache, et à la main une paire de pistolets pour faire échange de politesses. Mais puisque, voyant que je ne pouvais aller les chercher sur mer, ces messieurs ont été assez aimables pour me venir trouver sur terre, je veux, avec votre permission, mon général, leur faire les honneurs de mon nouveau plancher.

— Comment donc? répliqua César en riant, mais nous serions tous fâchés de te voir manquer aux règles de la civilité puérile et honnête.

Des bravos, mélangés de quolibets et d'éclats de rire, accueillirent la plaisanterie du général et du matelot auquel tous serrèrent cordialement la main.

Au même instant la grande porte s'ouvrit, et, quand on vit entrer MM. Peyrusse et Verduran, un vivat s'éleva dans l'air, mais il en resta la moitié dans les gosiers enthousiastes, car la porte refermée aussitôt n'avait livré passage qu'à ces deux messieurs.

— Comment, seuls! leur cria Constantin avec le ton de la surprise et du reproche.

Peyrusse et Verduran ne répondirent point, mais prenant, l'un et l'autre, les deux frères Faucher sous le bras, ils les attirèrent à l'é-

cart. L'explication fut courte, mais les réponses furent vives, et après l'échange de
quelques propos où il y avait confusion qui
balbutie, d'un côté, et de l'autre, indignation qui se mesure peu, les deux frères vinrent
se placer devant le front de leur petite troupe.

— Enfans! leur cria Constantin, ces messieurs sont venus se dédire.

Cet avis fut suivi d'un hourra peu flatteur
pour ceux qui, par leur désertion, l'avait provoqué.

— Oui, mes enfans, reprit César, ces messieurs prétendent que l'on fusille, sans forme
de procès, les simples particuliers qui prennent part au mouvement des armées.

— Sacrebleu! ils n'avaient donc pas l'intention de se faire tuer? ils voulaient donc se
rendre, ces goujons de Garonne? cria le patron Jérôme Lanoir.

— Si quelqu'un d'entre vous, continua
César, n'avait pas songé à cette considération-
là, qui est juste au demeurant, et qu'il en

soit frappé à cette heure, il peut suivre ces
messieurs. Nous n'avons besoin que de gens
qui ne craignent pas plus les suites que le moment de l'action.

Cette proposition reçut pour réponse les
protestations les plus énergiques de patriotisme et.de courage; et bientôt les plus vives
interpellations, accompagnées des plus outra-
geantes apostrophes, furent adressées aux
deux déserteurs qui, sentant les têtes s'é-
chauffer, regagnèrent, sans mot dire, la
porte qui, refermée brusquement, les mit à
l'abri de quelques bourrades, mais n'empêcha
pas d'arriver à eux, longtemps encore dans la
rue, le feu roulant des rudes vérités dont on
les poursuivit.

— Laissez-les, mes enfans; dit Constantin
à ses compagnons, mieux vaut encore qu'ils
aient lâché pied ici qu'à l'autre bord. Nous
serons vingt-quatre de moins, mais aussi outre les douze hommes que M. Lavaissière va
nous amener, nous avons un renfort sur le-

quel nous n'avions pas compté. Les braves
sous-officiers et soldats formant le dépôt du
118ᵉ régiment de ligne qui se trouve ici, nous
ont fait demander à être des nôtres.

— A la bonne heure! voilà de bons matelots, dit le patron Lanoir, et je vais, de ce
pas, à leur quartier pour hâter leur venue.
C'est que, voyez-vous, l'heure de la marée ap-
proche, et, si nous savons en profiter, les bateaux iront d'eux-mêmes.

Depuis une demi-heure que le patron s'é-
tait mis en course, les frères Faucher et leurs
compagnons avaient bien des fois prêté inu-
tilement l'oreille au seuil de la porte pour
écouter si le bruit des pas d'une troupe en
marche n'arrivait point jusqu'à eux. Ils se
perdaient en conjectures sur l'absence pro-
longée de M. Lavaissière et de son contingent.
Enfin une course précipitée et les jurons énergiques d'un homme qui parlait tout seul,
annoncèrent le retour de maître Jérôme.

— Mille tonnerres! en voici bien d'une

autre, cria-t-il en ouvrant et refermant la
porte avec violence et à la briser.

— Qu'y a-t-il donc ? mon vieux patron, lui
dirent les jumeaux.

— Ce qu'il y a, mes généraux ? il y a que
nous n'avons qu'à filer notre nœud chacun du
côté de sa marmite, si nous ne voulons pas
rester ici en panne jusqu'au jugement dernier.

— Quoi ! Lavaissière ?...

— Encore un joli caïman, que cet adjoint
au maire.

— Et les soldats du 118e ?...

— A l'heure qu'il est, ils poussent une promenade jusqu'à Marmande.

— Ils fuient ? les lâches ! cria Constantin.

— Du tout, du tout, général, ils m'ont
promis de m'attendre à une petite demi-lieue
d'ici, et nous ferons l'affaire tout de même.

— Partons donc, camarades, dirent ensemble les deux frères.

— Les camarades, peut-être ! Mais vous autres, certainement non, répliqua Jérôme.

— Qu'est-ce à dire? demandèrent les jumeaux avec emportement.

— Ah! voici, reprit Jérôme sans s'émouvoir, le vent qui souffle là-bas, chez le Verduran, le Lavaissière et le Peyrusse, n'est pas le
vent de la peur, c'est celui d'une jolie petite
trahison. Vous, les camarades et moi, ils nous
ont fait tomber dans un guet-à-pens. Ils vous
ont, ce matin, promis de prendre les armes,
afin seulement que vous fissiez la même pro-
messe; ils savaient bien que vous n'y manque-
riez pas, vous; au reste ils ne sont venus ici,
que pour s'en assurer. Et, à l'heure qu'il est,
ils dressent un tout petit procès-verbal de ce
qu'ils ont vu, pour leur servir, je ne sais ni
quand, ni à quoi, ni devant qui... mais ils le
rédigent.

— Es-tu allé faire un tour au cabaret avant
de revenir? dit César en riant.

— Non, mais j'irai en sortant, parce que
j'ai la bouche sèche, comme une écoutille qui

est restée ouverte en plein soleil, et amère
comme si j'avais mangé du sel.

— Alors, tu es fou.

— Vous me le ferez devenir, avec votre
manie de croire à la probité des fripons.

— Qu'as-tu donc vu ou entendu ?

— Arrivé au quartier du 118ᵉ, j'ai trouvé
les camarades prêts à partir ; ils n'attendaient
plus que le retour de la cantinière qui était
allée leur chercher la petite goutte d'eau-de-
vie que je devais prendre avec eux, et je n'y
voyais pas d'inconvénient. Puisque nous devions faire le même chemin pour venir ici,
autant vallait, me suis-je dit, cheminer ensemble. Voilà que la goutte était prise, et on s'a-
lignait déjà dans la cour pour partir du pied
gauche, lorsque le sous-préfet Pirly, avec son
habit brodé et son chapeau à plumes, le procureur du roi, Jean-Jacques Dumoulin, en
habit noir, le lieutenant de la gendarmerie,
en grand costume, et Lavaissière, avec son
écharpe municipale, se mettent devant la

porte de la caserne comme pour barrer le passage aux camarades.

— Eh bien! que leur voulaient-ils.

— Tout bonnement leur signifier l'ordre de quitter La Réole sur le champ, et de rétrograder sur Toulouse, où, leur a dit le sous-préfet Pirly, ils pourront être utiles dans l'armée du maréchal Soult, tandis qu'à La Réole toute défense serait non-seulement inutile, mais encore nuisible en attirant sur la ville tous les malheurs qui suivent une occupation forcée. Ils ont ajouté que les autorités de La Réole avait trop de confiance dans le patriotisme du 118ᵉ pour craindre que ce régiment se refusât à s'éloigner, et persistât à se rendre complice de l'attaque nocturne qu'ils savaient avoir été préparée par de mauvais citoyens ennemis de l'ordre et du repos public, sur lesquels l'autorité avait les yeux ouverts. — Heureusement, a ajouté Lavaissière, nous venons de déjouer ces projets coupables dont nous ferons notre rapport à qui de droit.

— Les misérables! crièrent les deux frères
en tordant leurs épées. Mais , ajoutèrent-ils, les
soldats, qu'ont-ils faits ?

— Compris ! compris! m'ont dit les camarades , tout en faisant par le flanc gauche ; il
paraît que si La Réole recevait l'ennemi à
coups de fusil, vos autorités seraient embar-
rassées pour le recevoir à coups de chapeau.
Ah ! nous ne voulons pas les gêner, chacun
son affaire. D'ailleurs ils sont maîtres chez
eux, et, puisqu'ils nous prient de nous en aller, nous nous en allons. Mais si le côté droit
de la rivière leur appartient, ils seront assez
raisonnables pour nous laisser le côté gauche.
— Compris, mes vieux, leur ai-je dit à mon
tour, et c'est moi qui me charge de vous y
porter cette nuit. Sur ce, nous nous sommes
serrés la main et j'ai promis d'aller les chercher à une petite lieue d'ici sur la route de
Marmande. De là nous reviendrons sur le poste
des hussards, dont vous verrez demain matin,
à l'autre bord, les babits rouges et les chevaux
étrillés de main de maître.

— Ah! parbleu! nous en serons, dirent les frères Faucher.

— Et nous aussi, ajoutèrent les vingt-quatre compagnons.

— Votre serviteur! il n'y a plus place pour vous sur mes bateaux à présent, reprit le bon vieux Jérôme; vos noms à tous, tant que vous êtes ici, sont connus; on vous a tendu un piége, il faut vous en tirer sans y laisser ni poil ni plume. Allez, allez, la chose ne s'en fera pas moins, et nos déserteurs n'auront pas à se frotter joyeusement les mains. Voyons, que voulez-vous? que le poste soit enlevé? il le sera. Que voulaient vos dénonciateurs? vous compromettre. Ils auront manqué leur coup, car demain chacun de vous prouvera qu'il a couché dans son lit. Tout l'avantage est pour vous. Sur ce, bonne nuit, camarades, et priez Dieu pour Jérôme Lanoir.

Le batelier se lança en effet dans la rue et descendit à toutes jambes vers la Garonne. Ce brusque départ causa un moment d'hésitation

dans la troupe des frères Faucher. On se décida
enfin à partir et on espéra bien arriver aux
bateaux avant que Jérôme eût gagné le large.
Une fois sur la rive, on se croyait assuré que le
vieux marin n'aurait pas la cruauté de rester inflexible et de refuser à de braves gens leur part
dans le danger et dans la gloire de l'expédition. Mais, pour ne point éveiller la curiosité
et les soupçons des habitans, qu'aurait éveillés
le retentissement inévitable d'une troupe nombreuse et armée si elle se fût lancée à toute
course dans les rues, les frères Faucher et leurs
compagnons furent forcés d'user de précautions qui ralentirent leur marche. Jérôme qui
avait bien prévu ce qui adviendrait, et qui
n'avait pas les mêmes raisons de ménager sa
course en redoubla la bruyante vitesse. Quand
il arriva sur le bord du fleuve, il trouva que
ses matelots, qui l'attendaient, avaient obéi
au coup de sifflet qu'il leur avait envoyé de
loin; les amarres étaient levées, et, sans s'arrêter, il sauta du bord dans sa barque qui,

en deux coups d'avirons frappés par six vigoureux rameurs, fut lancée en pleine eau.

— Allons! ce bon Jérôme n'a pas voulu en avoir le démenti, dirent douloureusement les frères Faucher. Le voilà déjà loin, il faudrait, pour nous faire entendre, crier à faire croire que le feu est aux quatre coins de la ville; encore ce maudit entêté ferait-il la sourde oreille!

Force fut donc à la petite troupe de s'en retourner. Bon gré, mal gré, elle prépara, suivant le conseil de Jérôme, l'alibi qu'elle opposerait un jour aux dénonciations des misérables qui l'avait attirée dans un guêpier, d'où ceux-ci ne pouvaient prévoir qu'à lui seul, le dévouement d'un pauvre patron de bateaux la tirerait.

VIII.

L'OCCUPATION ÉTRANGÈRE.

———

Tout arriva comme Jérôme Lanoir l'avait
prévu.

Le poste anglais fut enlevé à Saint-Macaire
par le dépôt du 118ᵉ de ligne, et le club royaliste, faisant grand bruit du rassemblement
armé qui avait été vu chez les frères Faucher,

ne manqua pas de dire que ce coup de main
avait été exécuté, d'après les plans et sous la
conduite de César et de Constantin. On en dit
autant du petit combat que ce même détachement de soldats français livra au pont de Gironde, pour arrêter les troupes anglaises qui,
maîtresses de Bordeaux et après avoir traversé
la Garonne à Langon, s'avancèrent vers La
Réole. Quand La Réole fut occupée par les
Anglais, les agens provocateurs du coup de
main nocturne, exécuté sur le poste de hussards, parlèrent de faire traduire les deux
frères devant un conseil de guerre. Mais toute
la ville se souleva d'indignation, et il fut dé-
montré que César et Constantin n'avaient
point quitté leur maison. Le club royaliste en
fut pour sa courte honte. Mais ce qu'il n'a-
vait pas été assez fort pour obtenir à La Réole,
il le fit tenter à Bordeaux par ses affidés plus
nombreux et mieux soutenus.

Quelques affaires ayant, vers la fin du mois
de mars, appelé César dans cette ville des lâches

porte-queues de l'étranger, il y fut insulté
dans les rues par les poissardes du port, les
entremetteuses d'intrigues, les loueuses de chaises au Jardin-Royal et aux allées de Tourny,
par toutes ces harengères auxquelles, par bien-
séance, les royalistes, qui en rougissaient,
avaient mensongèrement donné le nom pom-
peux de *Dames de la halle:* — folles de corps qui
se prostituaient elles-mêmes ou procuraient
des prostituées de haut et de bas étage aux
soldats et aux officiers de lord Beresford; — ef-
frontées commères qui, encore tout enlu-
minées de luxure et de débauches, la voix
rauque, leurs hautes coiffures déplissées, at-
tiffées de rubans blancs, tachés et froissés par
le vin et les ébats de l'orgie, s'en allaient dans
ce temps faire cortége au duc d'Angoulême et
à la fille de Louis XVI qui leur souriaient, et
qui, sur le dire des fanatiques meneurs du
parti dont ils étaient la proie, prenaient pour
l'expression de l'amour du peuple français ces
ignobles et furibondes saturnales.

Au grand théâtre, César fut aussi, durant
quelques soirées, le point de mire des regards
de côté, des allusions malignes, des sourires
goguenards, des chuchottemens affectés, où
l'on n'élève la voix qu'au mot offensant, et
de toutes ces provocations indirectes et vagues,
ordinaire entrée en querelle des fanfarons de
courage. Ils en prennent occasion de faire
blanc de leur épée si un adversaire, sûr de
soi, ne daigne pas les apercevoir et s'en fâcher ;
et si on leur en demande l'explication, ils se
sont donnés du cœur en se mettant dans l'impossibilité de reculer. Ce fut là le caractère
distinctif de la jeunesse royaliste sous les deux
ou trois premières années de la restauration.
Cela venait et de son éducation et de la connaissance qu'elle avait de ses adversaires.

Tout ce qui, à cette époque, avait eu jeunesse, force et santé, tout ce qui avait eu
vingt ans et du cœur avait été entraîné dans
les camps par l'attraction irrésistible et presti-
gieuse de la gloire militaire dont Napoléon fai-

sait une consommation si effrayante. Tout cela
vivait de la pensée, de l'action, de la vie du
grand empereur. Quand les Bourbons arrivèrent, il n'y eût donc de disponible, pour y
implanter les opinions royalistes, que la jeunesse qui tombait en syncope au bruit seul du
canon ; c'étaient les jeunes hommes qui, pour
échapper aux luttes dévorantes des champs
de bataille, s'inoculèrent les infirmités de la
vieillesse ; qui se traînèrent sur les genoux pour
les rendre cagneux ; qui portèrent des bé-
sicles pour devenir myopes, et s'imposèrent de
longs jeûnes pour simuler la phtysie. C'étaient
encore ces fils de famille qui, à prix d'or, trouvaient des remplaçans, — procureurs fondés de
courage ! — autant de fois que Napoléon, afin
de les traquer et de les saisir, donna, pour les
y englober, des noms nouveaux à ses levées
d'hommes en dehors de la conscription. On
eût dit une gageure entre la richesse des uns
et la persistante exigence de l'autre ; et l'on ne
savait qui se lasseraient les premiers ; ou ceux-
là de se racheter, ou celui-ci de les reprendre.

Toutefois ils se virent tellement entourés d'armes, ils entendirent si souvent le cliquetis du fer, qu'ils ne se purent tenir de les toucher et de les manier ; ils écoutèrent si souvent les récits et les bulletins de victoire, qu'ils en voulurent faire et écrire aussi. Des salles devinrent leur champ de bataille, des fleurets démouchetés leurs armes, les appels du pied leurs proclamations, les ruses et les passes de l'escrime leur stratégie, et les mouches sur le plastron leurs exploits. Cependant ces simulacres de combats à armes courtoises, qui leur donnaient l'aplomb, la tenue, la dextérité des combattans à fer émoulu, ne leur en donnaient point le cœur qui seul empêche l'œil de se troubler et la main de trembler. Ainsi, c'est parce qu'ils avaient confiance dans leur savoir-faire qu'ils avaient l'allure fanfaronne ; mais c'est parce qu'ils n'avaient point en eux ce dont ils savaient l'existence chez les soldats, qu'ils recouraient à l'insolence ; car l'insolence de gestes et de paroles grise comme le vin, et dans l'ivresse le courage est bien à la hausse.

Tant qu'il ne se vit l'objet que de ces demi-mesures, où le provocateur, d'ordinaire au fond du cœur, a, qu'on ne le prenne pas au mot, le désir égal pour le moins au désir contraire dont son visage fait parade, César Faucher ne crut nullement son honneur intéressé à les relever pour leur imposer un terme ou en demander satisfaction.

La longue patience de César fut attribuée par les clairvoyans à la prudente réserve qui lui était commandée par sa position politique. Mais les meneurs du parti espérant bien l'en faire sortir pour le compromettre, se mirent à crier partout que la longanimité de César était non de la dignité mais de la peur. L'ivresse de l'insolence, chez les jeunes royalistes, en fut accrue un beau soir de toute l'exaltation de l'ivresse du vin qui les tenait déjà. A cette fois, la provocation fut si directe, si brutale ! Il fut si personnellement, si nominativement apostrophé, qu'à moins de la mauvaise foi la plus insigne, César ne pouvait ne point s'avouer que

ce fût à lui qu'on en voulait. Toute considé-
ration disparut devant cette nécessité de veiller à son honneur ; aussi, quel que fût le
nombre des assaillans qui le poursuivaient de
leurs rodomontades, il se prépara à la lutte.
Seulement, comme le taureau dans les combats de l'Espagne, il choisit ses adversaires, et
il se rua, le bâton levé, au milieu de cette
meute aboyante, pour aller droit à ceux qui
se montraient les plus âpres à la curée d'in-
vectives. Quand il eut largement distribué la
correction sur les épaules et sur les deux joues,
il fit savoir à haute et intelligible voix que le
lendemain, hôtel de Richelieu, rue des Fossés de l'Intendance, il attendrait tous ceux qui,
se prétendant mécontens de ses procédés, lui
en voudraient bien demander réparation.—Je
ne ferai, messieurs, leur dit-il, ni distinction
ni préférence, les premiers venus seront les
premiers servis.

Le lendemain César attendit jusqu'à midi,
personne ne vint. A cette heure là, croyant

qu'il devait, autant qu'il était en lui, politesse
pour politesse, aller au-devant de ceux qui
l'avaient tant cherché la veille, il se dirigea,
pour se promener, sur les allées de Tourny
qu'échauffaient un beau soleil de mars, et
dont messieurs les royalistes avaient fait depuis
longtemps un champ de foire pour leur enthousiasme, et une salle pour leurs délibérations
en plein air. Il y régnait une grande agitation;
c'étaient des allées et des venues continuelles
d'émissaires qui apportaient des nouvelles du
dehors, ou qui remportaient des avis donnés
séance tenante. On eût dit d'une conspiration
au moment d'éclater. César comprit bien que
c'était de lui qu'il s'agissait; les groupes, qui
stationnaient de distance en distance, se taisaient
et se remettaient en marche pour se donner un
air d'innoccupation quand il approchait, et
s'arrêtaient de nouveau, pour reprendre leurs
causeries, quand il était passé. Il y avait bien
là toutes les marques d'un vif ressentiment
qui couve au fond de l'ame, tous les indices

précurseurs d'une vengeance qu'on arrange.
Du reste, rien de semblable aux provocations
de la veille, ni propos bruyans, ni gros rire
affecté, ni regards trop ouvertement dédaigneux ou menaçans, ni allusions fanfaronnes.
Seulement lorsque, vers trois heures, le soleil qui baissait eût laissé au froid toute son
âpreté, César en se retirant remarqua que d'un
groupe où pérorait, survenu depuis peu, un
des jeunes hommes qu'il avait le plus mal-
traité la veille, il lui fut adressé au passage
ces regards de côté et ces sourires goguenards
d'une vengeance puérile, qui a la certitude de
se satisfaire d'une façon ou d'autre. Loin de
s'en émouvoir, César répondit par ce regard de
pitié et ce mouvement dédaigneux des lèvres,
qui se traduisent par : vous n'oserez !

Le soir venu, au moment où il se disposait
à sortir de l'hôtel Richelieu pour se rendre au
théâtre, César reçut deux lettres avec armoi-
ries, cachet et timbre officiels. L'une venait de
la mairie, elle était de M. Lynch le vendeur de

Bordeaux, et l'autre de M. Lainé le préfet nommé par les Anglais. Ces deux messieurs, chacun dans les attributions de son pouvoir, l'invitaient, vu ce qui s'était passé la veille, à ne point sortir de chez lui, et surtout à ne point se rendre dans les lieux publics où sa présence avait porté le trouble. Ces messieurs ajoutaient que ce qu'ils lui en disaient était non moins dans l'intérêt de l'ordre que dans l'intérêt bien entendu de sa propre conservation ; enfin, rien n'y manquait, ni par le fonds, ni par la forme, des subterfuges et des circonlocutions à l'usage de l'arbitraire hypocrite qui prend des gants pour frapper.

César répondit sur l'heure à ces messieurs : qu'il était on ne peut plus reconnaissant du soin qu'ils prenaient de sa personne, mais qu'il les priait de ne pas s'en inquiéter autrement qu'il ne le faisait lui-même, et qu'ils eussent à trouver bien de garder leur protection jusqu'à ce qu'il la leur demandât ; que pour ce qui était du trouble apporté au repos public,

il lui semblait que l'invitation de s'abstenir du
théâtre devait être adressée à tout autre qu'à
lui ; que d'ordinaire, étaient réputés pertur-
bateurs les provoquans et non les provoqués ,
car sans les premiers les seconds se tiendraient
bien tranquilles ; que s'il y avait donc quelqu'un à consigner , ce n'était point lui, César
Faucher, qui usait du droit qu'a tout citoyen
français , payant bien ses impositions et muni
d'un passe-port dans les règles, d'aller où
bon lui semble, de faire tout ce qui n'est
point défendu par les lois ou réglemens , et
qui, en cette circonstance , allait au théâtre
pour voir , entendre ou dormir, à sa conve-
nance , toutes choses inhérentes au droit du
spectateur et qui ne troublent en rien la tran-
quillité de la ville ; que, par suite, l'interdiction
paternelle de messieurs les magistrats devait
s'adresser au vingt ou trente tapageurs qui
sifflaient , vociféraient , trépignaient tout leur
saoûl et menaçaient , injuriaient , coudoyaient
les passans, toutes choses qui changent la

destination d'une salle de spectacle et en font
une arène de pugilat, ce qui est une usurpation coupable, puisque ce droit n'est pas acheté
à la porte en entrant ; que si messieurs les magistrats entendaient autrement la chose, et si
le provoqué, non les provoquans, était ex-
pulsé, se serait donner une prime d'encouragement à l'insolence, autoriser les vexations du
plus grand nombre contre le plus petit, ce
que, pour sa part et en ce qui le touchait, il
voulait empêcher.

Cette réponse faite et envoyée, il se disposa
à sortir ; mais, à la porte du petit cabinet qui
servait d'antichambre, il entendit des pas
lourds et mesurés, et puis, sur le parquet, le
retentissement d'une crosse de fusil qu'on met
au repos.

Pour en finir tout de suite avec le soupçon
qui lui vint, il ouvrit brusquement la porte
et fit mine de sortir. Un factionnaire relevant
son arme lui barra le passage, et de la main
lui fit signe de rentrer.

César ne put retenir un éclat de rire en se

voyant l'objet d'une telle mesure ; mais bientôt ce que cet acte arbitraire avait de ridicule disparut devant ce qu'il avait d'odieux ; et le ressentiment de l'injustice domina seul dans cette ame ennemie de l'oppression.

— Oh ! oh ! mes bons messieurs, disait-il en se promenant à grands pas, vous en êtes déjà à mettre les citoyens aux arrêts. Pardieu ! vous en allez arriver aux lettres de cachet comme au bon temps !... Voyons, je veux sortir, je dois sortir. Qui vous a mis ici ? dit-il au factionnaire. Mais quelle sottise ! il ne me répond pas, je lui parle français et il est étranger !... un Anglais qui me retient prisonnier dans mon pays !... Ah ! vous n'en êtes pas où vous croyez être, mes petits messieurs du parti royaliste.

Et il prit la plume et il écrivit de nouveau au maire Lynch et au préfet Lainé. Il leur posa ce petit dilemme : Si vous me regardez comme un simple citoyen, vous n'avez, ni vous, ni personne, le droit de me mettre aux

arrêts. Faites-moi enfermer dans une prison,
à la bonne heure, mais vous ne l'oserez pas.
Si vous me traitez comme un général, je ne
peux être mis aux arrêts que par mon supérieur immédiat; où est son ordre? A moins que
vous ne prétendiez qu'un général est le subor-
donné d'un préfet ou d'un maire?... Peut-être
aussi vous est-il venu dans l'idée qu'un général
français était sous les ordres et à la disposition
du général anglais qui gouverne votre ville.

Il écrivit aussi au duc d'Halousie, gouverneur de Bordeaux pour les Anglais, dans les
mêmes termes en ce qui touchait la discipline
et la hiérarchie militaire, et il finissait en en
appelant du général mal informé et complice
ignorant d'un acte arbitraire, à l'homme
d'honneur, à l'ennemi loyal et à la sorte de
franc-maçonnerie qui existe entre gens du
même état.

Mais le bon droit et la logique ne peuvent
jamais rien sur le parti pris de faire de la violence; et les arrêts, imposés le 28 mars, du-

rèrent jusqu'au 28 avril. Ce fut là toute la vengeance que les provocateurs de César osèrent et purent tirer de la verte réponse qu'ils en avaient reçu la veille. Quand ils s'étaient vus ainsi pris au mot, tous ces chercheurs de querelle, ces tâteurs de courage, au lieu de tenir franchement la partie qu'ils avaient offerte, battirent en retraite de quelques semelles, et recoururent à des dénégations sur toute intention hostile de leur part. En faisant grand bruit de leur innocence, ils préparaient déjà les moyens d'intervention à la protection de l'autorité civile et militaire qui, véritablement, n'avait que faire là. Or, elle ne manqua pas de s'interposer, ainsi qu'on l'a vu, provoquée, comme elle l'avait été le soir même à la sortie du spectacle, par les grands parens, les amis, les protecteurs de la jeunesse royaliste, qui, le curé Rousseau en tête, encombrèrent de leurs clabauderies et de leurs fausses et ridicules frayeurs, les salons et le cabinet de la préfecture et de la mairie. Le résultat fut, à fin d'explications justificatives et de projets répressifs, — qu'il ne fallait point permettre qu'une seule goutte du sang précieux de la jeunesse royaliste courut le risque d'être versée par ce forcené de Faucher, ce scélérat de Faucher qui, comme disait le fanatique Rousseau, ne l'avait bâtonnée le soir que pour avoir l'occasion de la décimer en duel le lendemain ! — qu'il fallait trouver un moyen qui empêchât d'abord cette ardente jeunesse de chercher à se faire justice elle-même, et qui ensuite fut une punition infligée à ce mal-appris de Faucher. Le maire et le préfet reculèrent franchement devant cette ridicule manière de terminer une affaire d'honneur. Mais le lendemain, obsédés, fatigués, n'en pouvant plus, ils lancèrent, de guerre lasse, l'ordre d'arrêts forcés contre César.

Alors il s'opéra une comique réaction au sein de cette jeunesse royaliste, qui s'était montrée si fougueuse avant les coups de canne, si résignée après. Elle qui, toute une après-midi,

avait eu, sous sa main, l'adversaire qui, non
content d'attendre chez lui, s'était venu mettre
à la disposition de ses ennemis ; elle qui en avait
supporté, sans mot dire, les regards assez dé-
daignenx et la présence qui, à elle seule, était
le plus outrageant défi, se prit, le lendemain
des arrêts forcés, à maugréer, à jurer feu,
tête et sang, et, ainsi que les matamores du
vieux drame, à pousser dans le vide, à droite
et à gauche, la grande flamberge dont la veille
la lame semblait faire, avec le fourreau, un
seul corps inséparable ! Quand elle se fut bien
convaincue que César avait à sa porte un factionnaire qui le tenait captif, elle passa et re-
passa, nombreuse, insolente, bavarde, mon-
trant le poing et traînant ses bâtons ou ses
grands sabres sur le pavé ; et, pour l'appel au
combat, s'arrêtant devant la maison d'où elle
savait bien que César ne pouvait sortir. Ce
manége de bravaches dura autant que la dé-
tention de César ; puis on le vit diminuer
peu à peu ; et, à mesure qu'approchait le jour

prévu et annoncé, où l'autorité devait bien
enfin mettre un terme à cette lettre de cachet
au petit pied, contre laquelle murmurait déjà
la partie saine de la population bordelaise,
l'on rit beaucoup, dans la ville, dans les salons même du haut royalisme, lorsque le jour
de la délivrance venu, et au moment où César pouvait répondre aux interpellations, de
voir qu'il n'y avait plus, ni devant l'hôtel Richelieu, ni dans toute la longueur des fossés
de l'intendance, un seul des jeunes gens que,
depuis un mois, on y avait vu en si grand
nombre et si bien disposés.

Par égard, mais par égard seulement, pour
le duc d'Halousie qui, ayant fini par comprendre qu'on faisait jouer à ses soldats le rôle
de gendarmes, et que lui-même était complice
de mesquines et folles vengeances, avait im-
périeusement interposé son autorité dans cet
abus de pouvoir, César consentit à ne pas
pousser plus avant ses démêlés avec la jeunesse royaliste. Seul, au demeurant, celle-ci

pouvait avoir à se plaindre, depuis la correction qui lui avait été infligée; du moment
qu'elle, n'en demandait pas satisfaction, elle
ôtait à son adversaire le droit de se montrer plus
difficile qu'elle-même en accommodement.
Lorsqu'il arriva à La Réole, César trouva que
le temps de son absence avait été aussi mis à
profit contre son frère par les jeunes royalistes de la ville. Constantin leur avait lui aussi
donné quelque verte leçon, dont ces petits
messieurs avaient aussi jugé à propos de ne
point se trouver offensés. Constantin avait
seulement eu de plus que son frère le double
avantage d'avoir été énergiquement soutenu
par les hommes du peuple, et de n'avoir pas
eu affaire à une autorité qui eût osé se prononcer officiellement contre lui.

Déjà et depuis l'occupation anglaise, la
population de la Réole s'était bien franchement divisée en deux parties. Dans l'une était
le peuple qui vit de ses bras et de son indus-
trie et qui, n'ayant nulles ambitions de glo-

riole ou d'argent en dehors de ses professions
honnêtes et utiles, ne leur sacrifie jamais ni
l'indépendance du sol, ni l'honneur national.
Celle-là était honteuse de sa défaite; la vue
d'un habit rouge lui faisait monter la honte
au front et la colère au cœur; elle était vaincue, mais non résignée, et on voyait qu'elle
n'attendait que l'ocasion de prendre une revanche, sur laquelle les regards provocateurs,
les injures dans son idiôme patois et les exigences dans la vente des denrées, n'étaient que de
faibles à-comptes.

Dans l'autre camp étaient tous ces petits
bourgeois dont le morcellement des propriétés,
dû à notre grande révolution, a peuplé les
villes et les banlieues :—aristocratie à cent écus
d'impôts, qui a un seul cheval pour la charrette de la métairie, pour la carriole d'osier
suspendue sur l'essieu, et pour les escortes aux
autorités et les parades du carnaval; — bour-
geois-gentilshommes, dont les fils au collége ne
dépassent guère la première classe d'huma-

nités, et dont les filles reçoivent, dans un pen-
sionnat, cette demi-éducation qui enseigne à
faire du feston pour les collerettes, du filet
pour les bourses de soie, des nœuds de ru-
ban pour les pelottes et les sachets de senteur,
à déchiffrer juste assez de musique pour chanter faux quelque romance et pour casser toutes les cordes d'un chaudron qu'elles appellent
piano, ou d'un sabot qu'elles nomment gui-
tarre ; — petites gens qui grillent sans cesse du
désir de parler de soi et qui gonflent à tout
venant l'importance de leurs récoltes, les re-
cettes de leurs liqueurs de fenêtre, les produits de leurs étables et de leur basse-cour, et
le bon goût de leurs emplettes aux étalagistes
des foires ; — tout ce petit monde, moitié riche,
moitié pauvre, moitié sot, moitié instruit, mais
toujours bouffi de prétentions, donna le triste
spectacle d'une population toute fière de son
asservissement. Jamais nation vaincue n'a plus
gaîment passé sous les fourches caudines de
la conquête. Les femmes surtout se firent re-

marquer par un galant dévergondage d'agace-
ries. On a beaucoup parlé de la modération et
de la retenue des soldats et des officiers anglais dans le midi. Parbleu, je le crois bien! des
hommes à qui on ne donnait pas le temps d'a-
voir des désirs accrus par l'abstinence, n'avaient
nul besoin pour satisfaire leurs passions de
recourir à la brutalité de ravisseurs. Bien loin
d'avoir à se servir de la force pour posséder
des femmes, il la leur fallut presque employer
pour repousser les sollicitations dont ils étaient
nuit et jour harcelés. La vérité est que tout le
midi offrit à l'armée anglaise les délices que
jadis les soldats d'Annibal trouvèrent à Ca-
poue. Malheureusement la France n'a point encore eu comme Rome, une bonne revanche.

En présence de tant d'effronterie de la part
des femmes, et d'une si aveugle et si stupide
bonhommie de la part des hommes, les frères
Faucher ne purent contenir leur verve épi-
grammatique, Bons mots, sarcasmes, chansons et petits vers coururent par la ville, fus-

tigèrent les filles et les femmes qui prenaient ainsi à la bouche l'ourlet de leur chemise, et raillèrent les pères, les maris et les céladons du pays qui, sans rien voir ou sans se plain-dre, laissaient les étrangers braconner sur leurs terres. Mais cette vengeance à coups d'é-pingle, prise au nom de la vanité nationale, ne put leur suffire. Quand on eût l'incon-cevable impudence de les inviter officielle-ment et administrativement aux fêtes que les autorités de la ville donnèrent à messieurs les Anglais, non seulement ils refusèrent en ac-compagnant leur refus d'un blâme sévère, mais ils affectèrent, les jours fixés pour les bals de la ville, d'appeler dans leur salon, d'où les étrangers étaient exclus, les officiers français que renfermait la Réole, et tous les citoyens qui n'avaient pour les Anglais qu'an-tipathies et bonnes haines

Une fois engagés dans ces routes opposées, le parti de la nationalité et celui de la con-quête allèrent vite en besogne d'éloignement et de désaffection. Quelques jours suffirent pour les pousser aux deux extrémités de leurs opinions respectives, et pour les rendre irréconciliables. Le parti de l'étranger en vint bien vite à se déclarer royaliste pur, et à regarder la Charte comme une chose inutile et que Louis XVIII aurait bien mieux fait de garder pour sa garde-robe. En revanche, le parti de la nationalité déclara tout haut que la Charte seule valait quelque chose ; et les frères Faucher se jetèrent dans la discussion, armés comme toujours de leur solide et inexorable logique. Leur arsenal de raillerie leur fournît aussi des traits piquans et amers, dont ils percèrent à jour la pauvre dialectique de messieurs les partisans de l'ancien régime avec ses priviléges et son bon plaisir.

XI.

LES CENT JOURS.

———

Ce qui se passait à la Réole, s'était passé en même temps sur tous les points de la France. Partout les étrangers avaient été un objet de lâches adorations :

— Pour la gentilhommerie qui, croyant bien qu'ils lui serviraient d'échâsse pour regrimper au perchoir, fourbissait ses vieilles épées et brossait son habit de cour un peu mangé aux vers depuis 89 :

Pour les boutiquiers qui lui vendaient leurs marchandises un tiers au-dessus du prix demandé aux nationaux ;

Et pour les classes bourgeoises, formées des fournisseurs enrichis, des marchands retirés, et des parvenus de la finance et du barreau, qui tous espéraient bien par là se faire pardonner l'origine révolutionnaire de leur fortune ou de leur position sociale, sorties de leur sac à farine et de leur moule à chandelles, et qui s'imaginaient faire partie du grand monde et de la noblesse, du jour qu'elles en singeraient la morgue et les prétentions ridicules, ou qu'elles en partageraient les extravagances politiques.

Partout aussi le peuple, le peuple des ateliers, de la rue et des faubourgs, le peuple aux bras nus et aux mains calleuses, le peuple d'où, en 93, étaient sorties les quatorze armées qui défendirent les frontières, avait

énergiquement ressenti l'humiliation de la
France. Il avait surtout gardé au fond de
l'ame une forte rancune aux hommes qui
avaient réduit son courage et son patriotisme
à l'impuissance, et qu'il apostrophait déjà,
tout haut, du nom mérité de traîtres!

L'armée, surtout, se trouva blessée dans
tout ce qui avait fait sa vie depuis quinze ans:

Elle était entrée victorieuse dans presque
toutes les capitales de l'Europe, — et elle avait
vu l'étranger entrer en vainqueur dans la capi-
de la France;

Elle avait imposé des rois aux nations, —
et on lui en imposait un à son tour.

A elle seule, étaient allé l'amour, les faveurs, l'admiration de Napoléon; car le peuple, c'était l'armée; l'aristocratie, c'était l'armée; le gouvernement, c'était l'armée; Napoléon lui-même, c'était l'armée, et l'uniforme
était le seul et véritable costume national. —
Et la restauration l'avait fait descendre de
cette suprématie; elle ne marchait presque

plus qu'en dernière ligne, dans la nouvelle or-
ganisation politique et sociale où la diploma-
tie, la bureaucratie, les salons et la bourgeoisie à cent écus d'impôts avaient envahi les
premiers rangs.

Ses grades, ses titres, avaient été conquis
sur les champs de bataille ; elle avait vu à
l'œuvre ses chefs qu'elle aimait et qui avaient
combattu avec elle, souffert avec elle, triomphé avec elle. Aussi pouvait-on dire que leur
avancement avait été en quelque sorte le pro-
duit de l'élection armée, confirmée seulement par la parole de l'Empereur, — l'armée
venait d'être forcée de recevoir dans ses rangs,
à la tête de ses bataillons et de ses régimens,
des hommes dont elle n'avait jamais entendu
parler, et qui, non-seulement n'avaient pas
guerroyé avec elle pour la France, mais
qui avaient guerroyé contre elle et contre la
France.

La troupe de ligne fut infestée de lieute-
nans, de capitaines et de colonels aux genoux

cagneux , au chef branlant, sortis de leurs
bureaux de timbre ou de tabac dont Napoléon
leur avait fait l'aumône. Ils revêtirent, pour
recevoir Louis XVIII, leur uniforme à larges basques, leurs étroites et mesquines épau-
lettes , leur petit chapeau à cornes sur leurs
ailes de pigeon; toutes choses qui n'avaient pas
vu le jour depuis la destruction des Gardes-
Françaises, de Royal-cravatte, de Royal-alle-
mand, ou depuis le fameux banquet de Ver-
sailles, où, pour faire accueil à l'imprudente
Marie-Antoinette qui, son enfant sur le bras ,
parodiait Marie-Thérèse de Hongrie, les Gar-
des-du-corps jurèrent de mettre à la raison
Paris et la France. Ce sont tous les produits
de cette exhumation de l'ancien régime , qui
reçurent, des rieurs du temps, le nom carac-
ristique de *Voltigeurs de Louis XIV.*

La garde impériale, cette prodigieuse pha-
lange formée par l'élite de tous les hommes
qui avaient fait les guerres de la république
et de l'empire; la garde impériale, telle que

beaucoup l'ont vue , et que les autres se la
peuvent imaginer , avec ses chevrons , ses
vieilles moustaches , ses visages brunis et cica-
trisés , et sa bonne tenue qui, en ligne , la faisait ressembler à un mur vivant hérissé de fer;
la vieille garde, enfin, qu'il suffit de nommer
pour désigner tout ce que jamais armée a eu
de valeur brillante , de sang-froid , d'énergie
et de mâle résignation , se vit honteusement
rejetée derrière les gardes de la maison du roi,
reformée sur l'ancien pied de la cour galante
et monarchique. C'était véritablement quelque chose de ridicule et de triste à la fois, que
de voir au-devant de ces vieux uniformes usés
par le bivouac, et où chaque campagne seule
avait attaché un galon ou une épaulette, pa-
rader cette nuée de gentils-hommes et de
petits bourgeois, fades blondins, amoureux
de la guerre depuis qu'on ne la faisait plus;
officiers improvisés qui, pour obtenir le brevet de sous-lieutenant , n'eurent besoin que
de justifier de la possession d'une épaulette ,

d'un uniforme et d'un cheval de mousque-
taire gris, rouge ou noir.

Mais le changement des couleurs dans la
cocarde et le drapeau de la nation, fut ce qui
blessa le plus le peuple et l'armée à la fois.
Sans doute, le drapeau blanc avait eu son au-
réole de gloire, et depuis les grandes batailles
de Philippe-Auguste jusqu'à l'émancipation
américaine, aidée par Lafayette, la vieille monarchie avait bien des fois triomphé à son
ombre. Mais tout cela était dans un passé que
la révolution avait voulu détruire, sans retour, et tout entier jusques dans ses emblê-
mes. Pour l'ère nouvelle qu'il avait ouverte à
ses destinées, e peuple avait adopté des couleurs nouvelles, et il faut dire que vingt ans
lui suffirent pour grouper autour de son jeune
drapeau tricolore, autant, si ce n'est plus,
de gloire que la vieille monarchie en avait
donnée à son vieux drapeau blanc, dans une
durée de quatorze siècles. La génération jetée
à la hâte dans cette grande fournaise révolu-

tionnaire, n'avait donc, et ne pouvait avoir des
sympathies que pour ce drapeau tricolore dont,
toute enfant, elle avait vu les couleurs passer
dans les rues de ses villes, et orner le faîte de ses
monumens ; dont chaque jour, dans des bulletins de victoires, elle avait lu les merveilles
accomplies si vite, alors qu'ils lui apprenaient
que son drapeau avait flotté sur le palais de quelque roi vaincu, dans sa capitale conquise ; que
l'arabe du désert l'avait adoré au sommet des
pyramides ; qu'il avait mêlé ses couleurs aux
couleurs de l'arc-en-ciel, au milieu des nuages
qui couvraient les Alpes; ou que sur les toits
dorés du Kremlin, il avait reflété la lueur de
l'incendie qui dévorait Moscou.

Ce furent là, de la part de la restauration ,
autant de fautes qui portèrent leur fruit, et,
un beau jour, le peuple et l'armée apprirent
que le prisonnier de l'île d'Elbe avait rompu
son ban. Précédé du drapeau tricolore et
de quinze cents hommes d'élite de sa garde,
Napoléon était débarqué à Cannes. Il allait

renvoyer, à leurs bureaux de la régie, les voltigeurs de Louis XIV, messieurs les mous-
quetaires à leurs nourrices, les hobereaux,
à leurs plants de choux, et les émigrés aux
cuisines de l'étranger.

Les frères Faucher avaient été appelés à
Paris par des affaires d'intérêt en 1814; ils s'y
trouvèrent encore le 20 mars.

Napoléon avait mis à profit son année de
captivité, en réfléchissant aux causes de sa
chute.

Comparant l'invasion de la France impériale en 1814, avec celle que l'étranger avait
tenté vainement quand la France était républicaine, il fut bien forcé de convenir qu'en
1814 la France avait manqué de cet élan qui,
en 93, poussa aux frontières, qu'elles sauvè-
rent, quatorze armées en sabots et en blouses.
Alors, il comprit que son trône et sa dynastie auraient été plus profondément cons-
titués s'il les avait appuyés sur les libertés
publiques, plus que sur son armée; car, de la

sorte sa cause aurait été celle de la nation. Les
nations entières combattent et meurent pour
leur liberté ; les armées seules combattent
quand il s'agit d'un trône. Tout en combattant
pour leurs libertés, les nations défendent les
trônes qui font corps avec elles ; mais les nations
n'ont nul intérêt à soutenir les trônes qui se sont
séparés des libertés publiques ; bien au contraire, ne croyant pas pouvoir être plus mal
qu'elles ne sont, un renversement ne leur paraît qu'une chance d'être mieux. Or, Napoléon savait bien qu'en 1814 l'armée seule avait
combattu.

C'est pour cela qu'à son retour de l'île
d'Elbe, l'Empereur sembla vouloir recommencer son règne, et ramener la France au
point d'où il l'avait fait dévier, lorsqu'il troqua
ses faisceaux consulaires contre son manteau
impérial. Il savait bien que du jour où la nation aurait intérêt à se sauver, il serait sauvé
lui-même avec elle, et, sans les trahisons, l'Empereur et la nation auraient été sauvés en effet.

Quand ils virent Napoléon entrer dans cette voie nouvelle, les frères Faucher voulurent servir de nouveau la Patrie. César se présenta au collége électoral de La Réole, qui le nomma représentant, et Constantin fut élu maire de la ville; car les bons citoyens, un moment comprimés, avaient repris courage, et les mauvaises passions de localité qui n'osaient plus s'agiter que dans l'ombre, s'épuisaient seulement en complots ténébreux.

Le 14 juin, les deux frères acceptèrent la croix de la légion-d'honneur, qu'ils avaient refusée jusque-là, et furent nommés maréchaux-de-camp à l'armée des Pyrénées-Orientales.

Lorsque l'Europe eut menacé la France d'une invasion nouvelle, César et Constantin, secondant la pensée de l'Empereur qui voulait s'appuyer sur le peuple, se rendirent à La Réole, pour y activer cette fédération dont Paris au Champ-de-Mars avait donné l'exemple; mais à La Réole, aussi bien que dans

presque toute la France, cet élan sublime du
patriotisme avait été paralysé par le mauvais
vouloir des fonctionnaires publics de la restauration, que Napoléon avait eu la faiblesse de
conserver en place, et qui, après avoir servi
l'empire et les Bourbons, servaient encore
l'empire, en attendant de nouveau les Bourbons.

A leur première entrevue avec le sous-préfet et les autres magistrats de La Réole, les
deux frères virent bien de quel mauvais esprit
tous ces gens-là étaient animés. Ils firent cependant taire en eux les sentimens personnels
qui les dominaient en face d'une si lâche indifférence, pour ne s'occuper que des moyens
de réparer le temps qui avait été perdu, et de
renouer le vaste système d'union pour la défense de la patrie, dont l'ignorance ou la trahison avait rompu ou relâché les fils. Ce fut un
beau jour, pour les bons citoyens, que celui
où le peuple de La Réole, à son réveil, vit af-
fiché sous les piliers de la halle, et, en plein mar-

ché, entendit publier la proclamation que les
deux frères lui adressaient pour l'inviter à se fé-
dérer, et pour lui faire bien comprendre le but
et le résultat de cette association patriotique.
Ce précieux document nous est resté, et, à lui
seul, il révèle quelle marche la politique de
Napoléon allait suivre désormais. Que Napoléon eût donné l'impulsion, ou qu'il fût seulement traîné à la remorque, toujours est-il
qu'une ère nouvelle allait commencer pour la
France, et que la liberté n'était pas loin.

« Citoyens, disaient les deux frères, les ennemis qui couvrent nos frontières, nous menaçaient des horreurs et de l'opprobre d'un envahissement; mais, un moment divisée, la
grande famille s'est réunie. Tous les braves,
tous les Français se lèvent.

« Les fils aînés, les forts de la patrie l'entou-
rent d'une ceinture de fer. L'armée euro-
péenne a fait halte devant cette terrible avant-
garde de la nation. Alors, nos ambassadeurs
sont partis, tenant d'une main l'olivier, et de

l'autre l'épée. Ils vont demander aux princes coalisés une explication franche et prompte. Ils leur diront : Le peuple français désire la paix ; mais il ne craint pas la guerre. Il veut conserver son indépendance et sa liberté , et il a reconnu, et il proclame les mêmes droits chez les autres peuples. Si vos armemens n'avaient que cet objet , remettons le glaive dans le fourreau , et rendons à l'agriculture , au commerce et aux arts, les bras qu'ils réclament ; si vous prétendez nous dicter des lois, nous imposer un gouvernement , nous traiter en esclaves , préparez-vous à une guerre d'extermination ; mais craignez le feu que vous aurez allumé : la France tout entière marchera ; elle périra ou elle éteindra son incendie dans la ruine de l'Europe.

« Sa réponse à cette déclaration fixera les destinées du monde.

« Cependant la patrie nous demande de maintenir l'ordre public et la paix intérieure, en réprimant l'ardeur des malveillans , et en déjouant leurs parricides complots. Elle nous demande de former un pacte social, une sainte fédération qui donne l'exemple de la soumission aux lois et de l'obéissance à leurs organes. Que cette invincible association soit l'égide des bons, et l'épouvante des méchans. Les enfans de La Réole qui combattaient pour la liberté aux premiers jours de la révolution, les enfans de La Réole ont déjà formé cette union tutélaire ; ils la célébreront avec solennité dimanche prochain, 9 juillet. Des évolutions navales, la natation, la course, les danses, embelliront cette fête de famille qui sera annuellement renouvelée.

« Des armes seront décernées en prix aux vainqueurs.

« Venez, habitans de nos heureuses contrées, venez augmenter la joie publique en la partageant avec nous. Les enfans de La Réole vous appellent et vous disent : entrez dans notre union ; nous avons les mêmes besoins, la même volonté, le même but. Nos pères choisi-

rent leur compagne chez vous ; venez préparer de nouveaux liens qui feront le bonheur
de nos familles ; venez , c'est la fête de la
jeunesse , c'est la fête des âmes fortes et généreuses ; c'est la fête des patriotes.

« Venez, amis de l'égalité raisonnable, c'est
votre fête ; les ridicules prétentions de la vanité n'insulteront plus à vos vertus modestes.

« Venez, acquéreurs de biens nationaux, c'est
votre fête; des armes seront là pour vous défendre.

« Venez, vous qui craignez le retour des
rentes seigneuriales ;

«Venez, vous qui craignez le retour des dîmes;

«Venez, enfin, vous tous, amis des idées li-
bérales , c'est votre fête ; vous y entendrez les
défenseurs de la raison et de la morale publique.

« Et vous, que nous appelons de toute l'effusion de nos cœurs; vous que l'erreur, les pré-
jugés , des préventions peut-être , tiennent
encore éloignés de nous , venez aussi à la fête

de vos amis, à la fête de vos frères; vos enfans et les nôtres se mêleront dans leurs jeux, tandis qu'assis au banquet civique leurs pères videront ensemble la coupe de l'amitié.

« Vous accourrez tous à la fête de la Réole ; vous y verrez l'admiration pour un auguste dévouement, et le respect pour d'illustres infortunes. Vous y verrez l'enthousiasme des vertus, l'ardent amour de la gloire nationale le culte de la patrie et de la liberté. »

Les deux frères signèrent cet appel au patriotisme.

Ce langage était bien différent de celui que messieurs les fonctionnaires publics avaient habituellement fait entendre au premier temps de l'empire et sous la première restauration. Aussi, parfaitement compris du peuple auquel il allait, fut-il pour les gros bourgeois, pour les hobereaux et pour messieurs les employés une source féconde de commentaires plaisans, de gentillesses spirituelles.

Un soir il y avait chez le sous-préfet Pirly

réunis en petit comité, et poussés par les
mêmes passions, les mêmes hommes qui un
an auparavant, acolytes du prêtre Rousseau,
avaient tramé la perfidie dont le marinier Lanoir avait fait avorter les résultats. C'étaient,
on s'en souvient, les ambitieux de l'endroit en
titre et en expectative. Or, il était arrivé que
les fonctionnaires en titre, remplissant les emplois salariés, s'étaient fait maintenir par les
Bourbons. Seuls, ceux qui remplissaient des
fonctions gratuites, tels que maires et adjoints, s'étaient piqués de fidélité à la cause
de l'empereur. Aussi, lorsque Napoléon fut revenu, maires et adjoints de l'empire revinrent
à leur poste. Ce qui n'empêcha pas les fonctionnaires de l'empire, après avoir été fonctionnaires des Bourbons, de demeurer encore fonctionnaires de l'empire, avec l'espérance de redevenir encore fonctionnaires des Bourbons.
Car en matière d'emplois publics, on ne trouve
de fidélité à une opinion que là où l'émargement
au budjet ne vient pas faire contrepoids. C'est

pour cela que maires et adjoints donnent ordinairement leurs démissions à tout changement de régime ; mais quand la fidélité à une
opinion est contrebalancée par un traitement
mensuel, le plateau ou est placé le traitement
est toujours celui qui emporte l'autre. Aussi,
préfets, gens du roi, fonctionnaires de l'ordre civil ou judiciaire cherchent-ils à se
maintenir toujours au pouvoir, car leur fidélité est acquise non à un homme, non à
une opinion, mais au budjet, par quelque
main que celui-ci soit dispensé. C'est pour
cela que M. Pirly était encore sous-préfet de
La Réole, et que Jean-Jacques Dumoulin était
procureur impérial. Mais comme cette espèce
de gens tient plus au vent qui va souffler
qu'au vent qui souffle, ils avaient appelé dans
leur compagnie MM. Peyrusse, Lavaissière,
Verduran et autres officiers municipaux de la
restauration en 1814, démissionnaires depuis
le retour de l'île d'Elbe, et qui n'attendaient
que la deuxième restauration des Bourbons

pour reprendre leur écharpe blanche. Avec
ces royalistes dévoués, le sous-préfet et le
procureur du roi se dédommageaient à huis-
clos du bonapartisme officiel dont leurs fonctions les forçaient à faire publiquement parade. C'était un moyen d'antidater, par témoignage, leur défection à une cause future, et
d'avoir les bénéfices de leur dévouement à la
cause présente. Au besoin même, ils auraient
fait comme ce pauvre président Brisson qui,
du temps de la ligue, après l'emprisonnement
d'Achille de Harlay à la Bastille, forcé qu'il
fut par les Seize de présider le parlement, s'en
alla chez un notaire déposer un acte par lequel il protestait d'avance contre tout ce que
la ligue pourrait lui faire entreprendre de contraire aux intérêts du roi.

On peut donc s'imaginer de quelle façon la
proclamation des deux frères fut tournée, re-
tournée, décomposée et déchiquetée par toutes ces fortes têtes de l'endroit. Mesdames
leurs épouses, grand-mères, tantes ou cou-

sines surtout, s'en donnèrent à cœur-joie. Il
y eut des phrases, des mots, des pensées qui
les firent tomber en syncope; cela sentait le
peuple, puait la populace et les jacobins, disaient ces Arsinoë de petites villes, ces colets-
montés du pur royalisme. Le *banquet civique*, et la *coupe de l'amitié* furent traités,
Dieu me pardonne, aussi rudement que dans
la critique de l'École des femmes, les mots,
tarte à la crême et *enfans par l'oreille*. On eût
dit d'un troupeau de singes s'abattant sur un
sac de noix.

Notez, je vous prie, que dans tout ce
monde railleur et bel esprit, M. Peyrusse jadis
avait dû aux frères Faucher sa radiation de la
liste des émigrés, et madame Lavaissière la
conservation de ses biens; mais l'esprit de
parti n'a ni mémoire ni reconnaissance! C'est
convenu. Toutes fois, le lendemain, jour de la
célébration de la fête fédérale, il ne paraissait
rien de l'opposition de la veille sur le visage
de messieurs les fonctionnaires de La Réole, et

si les deux frères n'avaient bien su à quoi s'en
tenir, ils auraient pu se croire dans la nécessité de donner quelque coups de caveçon à
leur enthousiasme tout hérissé de gestes et de
clameurs provocantes.

Sur ces entrefaites, la désastreuse bataille
de Waterloo avait été perdue, et depuis
ce jour néfaste du 18 juin, la trahison et là
lâcheté avaient, à Paris et sur tous les points
de la France, recommencé l'œuvre de défection qui avait trop bien réussi en 1814. Le
lendemain de la fête Laréolaise, de vagues
rumeurs vinrent ranimer l'espérance des royalistes, et des lettres, venues de Bordeaux, annoncèrent que depuis le cinq juillet l'armée
française avait quitté la capitale et que le drapeau blanc, rapporté encore une fois dans les
bagages des Prussiens de Bluker et des Anglais
de Wellington, flottait de nouveau sur les Tui-
leries. Les royalistes de La Réole se préparè-
rent à un petit coup de main dans la persuasion où ils étaient que, d'après ces bruits, leurs

confrères de Bordeaux leur donneraient l'exemple. Mais le brave lieutenant-général comte Clauzel, le même que nous voyons aujourd'hui maréchal de France, soutint dans le chef-lieu de la Gironde l'honneur du drapeau tricolore, qu'il devait, vingt ans plus tard, planter en vainqueur au pied de l'Atlas, au milieu des tentes renversées des arabes d'Alger. Il refusa de reconnaître le gouvernement des Bourbons tant qu'il eut quelqu'espérance que l'armée française, qui se retirait sur les bords de la Loire, soutiendrait encore la lutte contre l'occupation étrangère, comme il savait à quels intrigues poltronnes il avait affaire, il déclara le département de la Gironde en état de siége, et il mit les arrondissemens de La Réole et de Bazas sous le commandement de Constantin Faucher.

Ce fut environ vers ce temps que mourut le père de Jean-Jacques Dumoulin, le procureur impérial et que le prêtre Rousseau, pour arriver à satisfaire la haine qu'il portait lui-

même aux frères Faucher depuis 1814, échaf-
fauda les paradoxes qui forment le premier
chapitre de cette histoire.

Comme on l'a vu, le curé de Saint-Michel
avait attiré à lui le dévouement du réfractaire
Tellier; or, par mainte circonstance il avait
éprouvé l'habileté et la discrétion de son âme
damnée, ainsi qu'il avait fini par appeler ce
jeune homme.

XII.

AGENS PROVOCATEURS.

———

Vers neuf heures, un matin, c'était le
21 juillet 1815, Tellier se trouvait dans le
cabinet de travail où nous l'avons vu chercher
et trouver, quelques jours auparavant, un asile
contre les poursuites de la gendarmerie. Il
transcrivait sous la dictée du procureur-impérial une digression savante touchant les lieux
habités par Scaliger aux environs d'Agen. Sans
trop se souvenir ou se soucier du sort advenu

à Gil-Blas chez l'archevêque de Grenade, tellier ne se gênait point pour soumettre au traitement orthopédique de sa jeune et spirituelle
rhétorique, les pensées quelque peu com-
munes et les phrases tortues de M. le procureur impérial, qui regimbait sous la main de
l'opérateur.

Leur controverse assez animée à l'endroit
de la logique, de la grammaire et de l'harmonie de la période, fut interrompue par le
prêtre Rousseau qui, le tricorne sur l'oreille,
la soutane retroussée, se rua plutôt qu'il n'entra dans le cabinet de l'antiquaire, au risque de
renverser les précieuses collections de pots
cassés.

Tellier ne put s'empêcher de rire.

Le procureur impérial eut l'air penaud d'un
écolier pris en flagrant délit de musarderie.

— Ma foi, dit le curé, cet air ébaubi vous
sied à merveille. Quel pauvre homme vous
faites, mon cher Jean-Jacques. Le feu est aux
poudres, et voilà à quoi vous vous amusez!

Tout cela fera-t-il avancer d'un pas les affaires politiques et notre vengeance? Vous ne ressemblez pas mal aux Grecs du Bas-Empire qui dissertaient à outrance sur la théologie, dans la basilique de Sainte-Sophie, tandis que les barbares frappaient aux portes de Constantinople.

— Que diable voulez-vous, répliqua Jean-Jacques; quand une ville est mise en état de siége, ce qu'on a de mieux à faire c'est de laisser la politique de côté et de s'occuper de sciences. Ainsi fit Archimède à Syracuse.

— Oui, reprit vivement le curé, pour se faire tuer, comme lui, dans un bain par un soldat mal appris, n'est-ce pas?—

— Je connais quelque chose de plus digne que la science d'occuper, en pareille circonstance, la pensée d'un homme de cœur, dit Tellier.

— Et cette chose, mon garçon, dit Rousseau, c'est...?

— C'est de s'ingénier à loger une balle dans la cervelle de l'homme qui s'est mis en tête que

dans le double attribut de la justice il pouvait rejeter la balance pour ne garder que l'é-
pée...., et l'épée à deux tranchans encore !!!

— Tu dieu, mon garçon, dit Rousseau,
avec d'aussi chaudes dispositions, si tu ne tré-
buches pas à un conseil de guerre, ou à quelque jury ignorant, tu feras ton chemin.

— C'est votre affaire, messieurs ; vous con-
naissez notre marché.

— Aussi viens-je te réclamer ta mise de
fonds.

— Je suis prêt. *Consilio manuque* ; traduc-
tion libre : bon pied, bon œil, le jarret ferme,
la main sûre !!

—Et la répartie prompte, pourrais-tu ajouter ; mais silence un moment.

En même temps, le curé ouvrit et ôta sa
soutane, et se montra revêtu d'un uniforme
militaire, dont il n'avait pu accrocher un seul
bouton.

Le grave procureur-impérial, lui-même,
fut saisi d'un rire fou à l'aspect de l'acoutre-

ment grotesque, formé par cet habit à pare-
mens rouges, qui se détachait sous le petit
collet, et sur la culotte noire, les bas de soie
et les souliers à boucle du curé; le tout cou-
ronné par un tricorne, un peu de travers, sur
une tête poudrée.

— Admirable! admirable curé! cria Tellier, et vous auriez fait un magnifique grena-
dier, si n'était le ventre dont la proéminence
vous masque un peu les genoux.

— Eh bien! ce que j'aurais fait, tu vas le
faire, toi qui parles, méchant railleur. Allons, au lieu de rire à te désopiler la rate,
viens m'aider à ôter de prison mes épaules et
mes bras que ce diable d'habit tire en arrière
depuis hier. Oui, mes amis, depuis hier!
et j'ai passé une nuit en diligence, et encore
par la chaleur étouffante qui nous surplombe.... Fais doucement, mon garçon : il ne
faut pas déchirer un uniforme qui ferait envie au plus muscadin des sous-officiers de
notre armée... Tiens, regardes, comme c'est

confectionné. Avec cela, mon brave, que les entournures des manches ne risquent pas de te blesser à présent : je les ai élargies.

— Pourquoi, diable, l'avoir pris si étroit, puisque pour l'apporter vous ne trouviez pas de meilleur moyen que de vous le mettre sur le corps ? Vous ressemblez à une Isis qui a rompu sa gaine.

— Et toi, si je l'avais pris à ma taille, tu aurais eu l'air d'un soldat perdu dans une guérite; or, c'est toi qui dois le plus t'en servir. Allons, alerte, endosse le harnais. Je te fais sous-officier.

— Au nom de qui? Pour le service de qui?

— Au nom de Napoléon, pour le service de Louis XVIII.

— Ma foi, je serais maréchal de France que vous ne diriez pas mieux. Voyons, que dois-je faire?

— Un bateau de Jérôme Lanoir, un bon patriote, comme ils disent les autres, va partir pour Marmande et reviendra demain matin ici au point du jour. Tu vas partir aussi pour Marmande, mais à pied et par les chemins de traverse, s'il te plaît. Ce que tu dois faire à Marmande, tu le trouveras consigné dans ce paquet, où plusieurs événemens sont prévus, et où il y a une instruction différente pour chacun d'eux. Tu n'ouvriras cette dépêche qu'à Marmande. Mais quelque chose qui arrive, souviens-toi que tu dois retourner ici demain par les bateaux de Jérôme Lanoir, dûsse-tu revenir seul... Mais j'espère que tu nous ramèneras bonne compagnie. Tiens voilà cent francs... Evite les curieux, ne te querelle pas avec les gendarmes; ne courtise pas trop la bouteille ou la fillette... Sur ce, bon voyage et prompt retour.

Tellier partit.

— Maintenant que nous sommes seuls, dit le procureur impérial, vous serait-il agréable et possible, cher curé, de me dire ce que cela signifie et où tout cela doit aboutir.

— Ce que cela signifie, je le veux bien;

mais où tout cela doit aboutir, vous le saurez
demain, dans quelques jours peut-être, car
tout cela n'est qu'un projet, et comme dit le
grand Corneille :

> . . . . Pour être approuvés
> De semblables desseins veulent être achevés.

Or, le succès des miens va dépendre des circonstances. Comme homme, tout ce que je
peux faire, c'est de faire naître ces circonstances
elles tourneront ensuite comme il plaira à Dieu.

— Vous parlez toujours par énigme, cher
curé !

— Qu'importe, si je finis par en trouver le
mot. Au surplus, voici ce qui arrive :

Hier à la bourse, et parmi la population de
Bordeaux, il y avait une grande agitation. Un
courrier directement adressé par Sa Majesté
Louis XVIII au général Clauzel, venait d'arriver. Il était porteur de dépêches contresignées
du maréchal Gouvion Saint-Cyr qui ordon-

nait au général de lever l'état de siége, de cesser ses fonctions, et de faire cesser également celles de tous les officiers ou généraux placés sous son commandement.

Cette nouvelle était à peine répandue, que je me trouvai face à face avec Constantin Faucher au moment où il sortait de la maison du général Clauzel en compagnie de tous les officiers de la division, que le général avait fait appeler auprès de lui pour s'entendre avec eux sur le parti qu'il fallait prendre! Or, à l'air terriblement vexé qu'avait le Constantin, j'ai tout d'abord reconnu que contre son avis il avait été décidé que l'armée de Bordeaux ferait sa soumission à Louis XVIII. En effet, le jour de demain, 22 juillet, est le jour pris pour l'érection du drapeau blanc dans tout le département de la Gironde.

— Mais qui le fera planter ici? dit avec empressement le procureur impérial.

— Qui? Et parbleu! Constantin lui-même, comme commandant militaire; César lui-

même comme maire de la ville ; c'est le dernier acte de leur autorité. Le tour est piquant,
heim? c'est là que je les attends, Jean-Jacques.
Allons, *M. le procureur du roi*, préparez-vous
à quelque bon réquisitoire contre les ennemis
de Sa Majesté très-chrétienne.

— Dieu soit loué! Je quitte enfin ce titre
maudit de procureur impérial que, après le
départ de notre monarque désiré, je n'ai gardé
qu'à mon corps défendant pour vous faire
plaisir, et parce que vous m'assuriez que c'é-
tait conforme aux intérêts de la cause des
Bourbons, et aux désirs du roi lui-même...
J'espère, curé, que vous porterez témoignage
du zèle, du dévouement que...

— *Et cætera, et cætera*, interrompit en souriant malicieusement le curé de Saint-Michel.
Dieu me pardonne, Jean-Jacques, voilà vos
frayeurs qui vous prennent. Allez, allez, soyez
tranquille, vous êtes solidement assis au parquet du tribunal de La Réole. Mais pour vous
maintenir, vos amis comptent plus sur ce

que vous allez faire, que sur ce que vous avez fait. Servez notre cause, et notre cause vous servira.

— Oh! je suis tout prêt, cher curé, et je tiens en réserve un carton plein de réquisitoires à effet.

— Nous verrons bien, mon ami.

— Tout cela, curé, ne me dit pas encore à quelles fins vous avez envoyé à Marmande Tellier qui aurait pu nous être utile ici.

— Vous êtes bien neuf, Jean-Jacques, vous ne devinez rien, et je vois bien que si je ne m'en mêlais pas, les Faucher nous échapperaient encore. Mais je les tiens, vous verrez cela demain. Vous verrez aussi que Tellier, par son petit voyage, nous servira plus que s'il fût demeuré ici à copier vos billevesées scientifiques. Quant aux moyens que j'emploie, trouvez bon que je ne vous les révèle qu'au fur et à mesure de leur exécution. Voyons, faites-moi servir à déjeûner. J'ai ensuite nos amis à vi-

siter, et à préparer aux événemens de demain
et des jours qui vont suivre.

Le lendemain, au point du jour, le drapeau blanc flottait sur tous les édifices publics
et sur le clocher de l'église de La Réole.

Cet événement, qui la veille encore était re-
douté par les uns et désiré par les autres,
sembla au premier instant devoir se passer
sans aucune manifestation de douleur ou de
joies : patriotes et royalistes demeurèrent en-
fermés chez eux.

Quant aux patriotes, c'était chose assez naturelle; vainqueurs de la veille, ils étaient les
vaincus du jour, et ils ne voulaient pas s'exposer
à toutes ces humiliations d'amour-propre, ces
provocations de regard ou de langage que se
renvoient mutuellement les partis, après leur
triomphe. Dans cette circonstance, d'ailleurs,
La Réole ainsi que le midi de la France, se
sentait étreinte de toutes parts par cette at-
mosphère réactionnaire qui enfanta, en 1815,

les égorgemens d'Avignon , de Nîmes et de
Toulouse.

Mais les royalistes qui, pour se montrer,
avaient tous les motifs contraires, pourquoi se
tenaient-ils ainsi à l'écart? était-ce crainte que
l'érection du drapeau blanc ne fût qu'un piège
du parti opposé pour les exciter à se déclarer?
ou bien espéraient-ils au contraire que ce silence de leur part, cette manière de douter de
leur victoire, rendrait la confiance aux bona-
partistes et les pousserait à quelque bravade ou
à quelqu'échauffourée? Toujours est-il que cette
conduite avait été tracée aux royalistes par le
chef du parti , et que jusques vers l'heure de
midi, un silence complet régna dans la ville
de La Réoe, le 22 juillet.

Mais à cette heure, le littoral de la Garonne
retentit de grandes clameurs, d'où s'échappait
distinct et répété avec une sorte d'élan fréné-
tique, le cri de vive l'empereur! vive Napoléon! Cet enthousiasme subit qui contrastait
d'une façon si étrange avec la reconnaissance

du pouvoir royal faite le matin, eut à peine
le pouvoir d'attirer quelques désœuvrés et
quelques petits polissons au devant de la barque d'où partaient ces cris, et qui s'avançait
vers le débarcadère où elle s'amarrait déjà.

C'était le bateau de maître Jérôme Lanoir,
qui revenait de Marmande, et qui portait à
son bord une trentaine de soldats de toutes
armes, avec la cocarde tricolore au schako, et
ressemblant assez à un petit corps de mutins
détachés d'un plus nombreux corps d'armée,
afin de n'en point partager la soumission et
de guerroyer au besoin pour leur compte. Le
bruit se répandit en effet que ces hommes se
rendaient de Toulouse à Bordeaux ; Toulouse
ayant reconnu depuis cinq ou six jours l'autorité de Louis XVIII, ils se repliaient, disait-
on, sur le département de la Gironde, où
ils savaient que le général Clauzel tenait encore pour l'empereur. Ce bruit avait au premier abord quelque chose de fondé. Toutefois, il agit peu sur l'esprit des habitans de la

Réole. Les soldats purent tout à leur aise exhaler leur enthousiasme ; nul dans la ville n'y répondit, ni les patriotes pour le partager, ni les royalistes pour le faire cesser. Les premiers avaient trop le pressentiment de ce qui s'en devait suivre, et les seconds savaient trop ce qu'il était, d'où il venait, et à quoi il devait servir, pour qu'au fond du cœur ils en fussent contrariés le moins du monde.

Ce silence obstiné, ces voix enthousiastes sans échos déconcertèrent un peu les trente soldats qui semblaient parcourir les rues de la ville dans un tout autre espoir. Quelque chose d'instinctif, leur disant qu'ils étaient ridicules de s'échauffer ainsi tout seuls, avait peu à peu rendu leurs cris moins fréquens et leurs gestes moins provocateurs. Ils allaient probablement finir par se débander, sans faire ce pourquoi ils paraissaient être venus, si l'un d'eux, qui paraissait être, si non le chef, au moins le boute-en-train, ne se fût écrié qu'il fallait

abattre le drapeau blanc. — A la sous-préfecture! à la sous-préfecture! leur dit-il.

Ce fut de l'alcool jeté sur des charbons ardens. Toute la bande se reprit à son enthousiasme, qui, s'il n'avait point d'écho, allait
avoir une issue, et qui, pour être partagé, n'a-
vait peut-être besoin que d'une démonstration
énergique et d'un acte de vigueur. Elle marcha
donc vers la sous-préfecture, mais elle n'en-
traîna pas plus de monde à sa suite pour cela.

Le personnel administratif et judiciaire de
La Réole était, depuis le matin, installé au
bâtiment des Bénédictins; non à ses bureaux
ou à ses sièges, pour administrer et pour juger,
mais dans les salons de M. le sous-préfet, pour
aviser à la conduite politique qu'il fallait tenir : chose bien autrement importante que les
affaires des administrés et des justiciables! Le
curé Rousseau, à cause de ses relations dans
le plus haut du parti qui allait dominer, et de
ses sentimens bien connus de sollicitude pour

les intérêts et même pour la personne des fonctionnaires là présens, avait été non seulement admis, mais appelé de bonne heure à cette espèce de cénacle.

Il avait toutes les peines du monde à contenir ces convives du budjet, qui voulaient à l'instant même faire parade de leur enthousiasme officiel. Tout ce bétail administratif et judiciaire ne voulait pas comprendre que la plus petite démonstration de sa part pouvait faire avorter les plans que le sous-préfet Pirly, le procureur Dumoulin et le curé Rousseau, avaient dressés. Il est vrai que celui-ci n'avait pas jugé à propos de mettre tous ces messieurs dans l'entière confidence de ses moyens d'exécution. Il s'était borné à leur faire entendre qu'on allait recommencer contre les frères Faucher le coup qui avait été manqué un an auparavant, et il les priait de se laisser conduire en aveugle. Mais cette obéissance passive venait subitement de se trouver fort peu du goût de M. Peyrusse et de son ami Lavaissière, qui s'en ex-

pliquaient même en termes assez vifs. La cause
de cette insubordination était née d'une lettre
adressée au sous-préfet, et dont celui-ci venait de donner lecture. Cette lettre était de
Constantin Faucher. Il y disait qu'il tenait à
honneur d'avoir été élu maire de La Réole;
mais que le danger des circonstances avait pu
seul, quelques mois auparavant, lui faire accepter la délégation provisoire de ces fonctions
par le préfet. Il ajoutait que les circonstances
étaient changées ; puisqu'il n'existait plus
aucun des dangers qu'il avait en vue, il ne
voulait plus remplir ces fonctions, et que ses
adjoints administreraient jusqu'à nouvel ordre.

A cette nouvelle de démission, ouvrant une
vacance volontaire qui aurait pu se faire attendre si l'on avait suivi la hiérarchie ordinaire,
Lavaissière et Peyrusse sentirent reverdir leur
gloriole ambitieuse. Le premier avait été maire
et le second adjoint, sous la restauration de
1814. Ils avaient été contraints, après le 20
mars, de sortir de leurs fonctions, mais non

sans espoir de retour. Aussi le moindre délai
entre la démission de Constantin et la réins-
tallation de la municipalité de 1814, leur sem-
blait-elle une monstruosité alarmante pour
l'intérêt de La Réole, et de la monarchie surtout.

Le sous-préfet Pirly et le procureur Dumoulin, sans toutefois leur dire le véritable et
dernier mot qu'ils ignoraient eux-mêmes, au
demeurant, avaient épuisé toute leur éloquence, sans être parvenus à calmer les prétentions de ces ambitieux de village. Le curé
Rousseau, en désespoir de cause, s'était livré
lui-même, dans l'embrâsure d'une fenêtre, où
il les tenait captifs, à la prédication pour mo-
dérer ces impatiens, et il venait de s'efforcer,
sans trop découvrir ses desseins, de leur faire
comprendre que pour certaine besogne, dans
les transitions d'un gouvernement à un autre,
il était bon qu'une ville se trouvât, durant
vingt-quatre heures au moins, sans une autorité reconnue et responsable.

Telle était aux Bénédictins la disposition
d'esprit de messieurs les dévoués au budget
quand même! Au moment où leur arrivèrent
les cris nettement formulés de *vive l'Empereur!*
les visages animés par la discussion pâlirent,
les langues les plus déliées, les voix les plus
hautes s'arrêtèrent soudain inactives et silen-
cieuses, et plus d'un regard fut jeté de côté
sur les places occupées par les chapeaux de
l'assemblée, en même temps que sur les diverses issues dont la prudence du plus grand
nombre consultait déjà la ressource. On eût
dit que le curé Rousseau savait quelles véritables pensées étaient cachées derrière les cris,
car il ne put s'empêcher de sourire en voyant
quelle puissance de persuasion ces cris venaient
prêter à ses argumens. Peyrusse et Lavaissière,
comme si une lumière d'en haut et inattendue
avait illuminé leur pensée, cessèrent subitement d'argumenter contre le curé. Pour peu
même que celui-ci les eût pressés, et que
la peur toutefois leur eût laissé le libre exer-

cice de leur langue, ils auraient avoué hautement que les conseils du curé étaient les seuls
bons à suivre. Si cet aveu ne fut point verba-
lement exprimé, au moins reçut-il de l'événement une consécration qui fit beaucoup
d'honneur à l'habileté et à la prudence politiques de ces messieurs, si non au courage et
à la franchise de leurs opinions.

Les soldats se précipitèrent en tumulte dans
la salle où par leurs clameurs venaient d'être si
brutalement interrompues les belles visées de
tout le personnel administratif et judiciaire.
Leurs interpellations redoublées se croisaient
confusément avec de grands cris et des gestes
menaçans. Ils finirent cependant par comprendre qu'une réponse ne pourrait leur être
faite tant qu'ils parleraient tous à la fois. L'un
d'eux leur fit signe qu'il se chargeait du rôle
d'orateur, et ses camarades lui prêtèrent silence. C'était encore celui qui, voulant réchauffer
leur enthousiasme languissant, leur venait de
donner les Bénédictins pour point de mire.

—Pardieu, Messieurs! se prit-il à dire, en mettant son schako sur l'oreille, sa main gauche sur la hanche où luisait la poignée de cuivre de son briquet, et caressant, de la droite sa moustache dont il retroussait, en les roulant, les deux extrémités, tandis qu'il se balançait tour à tour sur ses deux jambes, dans l'attitude et avec l'air martial d'un de ces soldats de théâtre, dont l'acteur Gonthier a été le type au Gymnase... quand vivait le Gymnase. — Pardieu, Messieurs, s'il n'y avait pas de l'indiscrétion, et même quand il y en aurait, nous serions bien aise de savoir quel est le pékin, parmi cette honorable assemblée de fonctionnaire civils, qui s'est permis de faire la nique aux troupiers, en faisant disparaître le drapeau tricolore, lequel, hier encore, flottait sur le clocher de l'église? Mille canons, est-ce que vous prenez l'aigle de l'empereur pour un corbeau des semailles, que vous vous imaginiez le faire déguerpir avec ce torchon fraîchement lessivé que vous avez hissé au bout

d'une perche, comme un épouvantail dans les
champs? Voyons, que le vent ou le diable emporte au plus vite votre drapeau dans la Garonne, si vous ne voulez pas que l'un de vous
y fasse un plongeon avec lui. A bas le drapeau
blanc !

— A bas le drapeau blanc, répétèrent les
soldats!

— Mes amis, dit doucereusement le curé
de Saint-Michel, qui avait à la dérobée jeté
quelques regards, qu'on eût pu prendre pour
des regards de satisfaction ou d'intelligence,
sur le singulier orateur de la troupe, et qui
voyant bien, que nul autre que lui n'avait
gardé la présence d'esprit nécessaire, pour se
tirer de ce bourbier, se hâtait de donner la ré-
plique dans quelque intention connue de lui
seul. — Mes amis, aucun des personnages ici
présens, n'a fait ce dont vous vous plaignez;
nul d'entre nous n'avait qualité pour cela, d'a-
bord; et ensuite, nul parmi nous, n'ayant reçu
l'ordre de faire changer un drapeau pour un
autre, nul n'a eu à l'exécuter. Vous voulez ren-

verser le drapeau blanc, à votre aise. Cela ne
nous regarde pas, et nous n'avons mission, ni
de vous le permettre, ni de nous y opposer.

— Ah! pardieu, ça nous est bien égal. Et
nous nous moquons autant de votre permis-
mission que de votre défense; n'est-ce pas, camarades?

— Et un peu, qu'on s'en moque, répondirent fièrement ceux-ci.

— Vous allez voir ça, mes vieux, reprit l'o-
rateur de la troupe; après quoi nous irons
trouver deux hommes qui ne demandent pas
mieux que d'avoir de bons diables avec eux
pour faire une besogne.

— Allez, mes braves, répondit le curé, avec
un grand fonds de jubilation apparente; allez
trouver ces deux hommes. Ceux-là sans doute
auront le droit, s'ils veulent, de vous permettre de défaire à cette heure, ce qu'ils ont
fait ce matin.

— Mille canons, curé, prenez garde à ce que
vous dites, les frères Faucher n'ont pu agir
comme vous le dites. Ou, s'il en a été ainsi,

c'est qu'ils n'ont pas été soutenus. Eh bien, nous
voici, nous autres ; et, sacredieu, nous allons
voir!.. *Vivent les frères Faucher.*

Ce cri fut encore répété par la bande, qui se
sauva hors de la salle, à la suite de son orateur,
pour aller faire ce que celui-ci avait annoncé.

Les soldats étaient à peine sortis, que Peyrusse et Lavaissière, pâles et troublés, se sentirent pris d'une grande démangeaison de vider
les lieux au plus vite. Déjà, le chapeau à la
main et caché derrière le dos, marchant à re-
culons, et à petit pas, ils avaient insensible-
ment gagné la porte restée entre ouverte, lorsque le curé de Saint-Michel, qui depuis quelque temps, avait épié leur manége, part d'un
grand éclat de rire, et leur demande ou diable
ils s'en allaient.

— Eh! eh, messieurs, leur cria-t-il! Est-ce
que pour si peu, vous jetez aux chiens votre
écharpe municipale ? Pour qui serait pressé de
faire acte dévouement, voici le moment de se
montrer.

Mais, pris en flagrant délit de couardise, les deux chefs futurs de la municipalité royaliste de La Réole, demeurèrent tout pantois sous le coup de cette interpellation goguenarde. Quand la parole leur fut revenue, ils s'empressèrent de convenir, avec le curé de Saint-Michel, qu'en effet, il était bon qu'à certains jours une ville se trouvât sans autorité ; toutefois ils auraient été fort embarrassés, autrement que par leur poltronnerie, d'expliquer à quoi pouvait être bonne cette absence d'autorité ; et le curé de Saint-Michel, ne croyait nullement nécessaire de les en instruire.—Les événemens se chargeront de le leur apprendre, répondait celui-ci au sous-préfet Pirly et au procureur Dumoulin, qui le pressaient de mettre ces messieurs dans la confidence.

Cependant les trente soldats, après avoir arraché, et avec leurs sabres, taillé en lanières, comme une peau de bœuf, le drapeau blanc qui pendait au fronton de la grande porte des Bénédictins, se précipitèrent vers l'église. Cinq ou six d'entre eux, prenant au collet le bedeau-carillonneur, le poussèrent devant eux, tout d'une haleine, jusqu'au haut de l'escalier tortueux qui mène au faîte du clocher. De là un autre drapeau blanc, haché menu comme de la charpie, fut lancé dans les airs, et retombait en lambeaux sur les toits environnant l'église, comme des flocons de neige, ou comme ces fils voyageurs de la Vierge, qu'une main invisible semble tendre dans l'espace, aux rayons du soleil printannier.

Cette double besogne de réaction, ainsi terminée, sans que d'aucune portion de la population, il leur fût venu aide ou obstacle, les soldats se dirigèrent vers la partie haute de la ville, où était située la maison des deux hommes dont l'orateur de la bande avait promis les actives sympathies.

XIII.

LE CABINET NOIR.

— Ma foi, Tellier, vous êtes un garçon bien actif, bien intelligent, et le parti royaliste vous doit une bonne récompense, pour ce que vous faites depuis quatre ou cinq jours.

— Bien obligé, curé, et vous aussi, M. Dumoulin. De récompense, je n'en veux pas d'autre que celle que donne la satisfaction d'une vengeance personnelle. Votre parti, au demeurant, ne me doit rien. Car j'ai agi pour moi, et non pour lui. Il a été mon instrument, et non moi, le sien. C'est tant mieux pour vous, si en faisant mes affaires, les vôtres se sont trouvées faites.

— Ah! ça, Tellier, comment l'entendez-vous, mon ami? dit avec une sorte de mécontentement mal déguisé, le curé de Saint-Michel.

— C'est assez clair, ce me semble, reprit Tellier sans se déferrer. Pourquoi en voulais-je aux frères Faucher? Pour leur âpreté à poursuivre contre ma mère la rentrée d'un emprunt que je croyais usuraire.

— Eh, bien! dit avidement M. Dumoulin.

— Eh bien ! M. le procureur du roi, ma mère s'était trompée. Il ne lui avait été prêté effectivement, à elle en personne, qu'une somme de cent écus. Mais à une époque assez reculée déjà, les frères Faucher s'étaient mis à découvert, pour mon père, de sommes plus fortes, qui ne leur avaient jamais été rendues, et qu'ils s'étaient bien gardés de réclamer, tant qu'ils avaient pu croire que cette réclamation viendrait obérer et réduire à rien le mince héritage qui nous était laissé. C'est cette absence de réclamation qui avait fait croire à ma mère que rien ne leur était dû au-delà des cent écus récemment empruntés.

— Mais ce contrat d'une somme double, qu'ils ont gardé en nantissement? et cette somme de douze cents francs qu'ils réclament de ta mère, à cette heure?

— La somme de douze cents francs, en y comprenant les cent écus prêtés à ma mère, forme la totalité des sommes avancées à ma famille, par les frères Faucher. Vous voyez bien qu'en gardant par devers eux, pour garantie, le contrat de six cents francs, il se trouve que c'est encore une garantie de six cents francs que nous leur devrions.

—Tu veux dire, que vous leur devez.

— Non ; *que nous leur devrions,* si je n'avais quittance finale.

— Bah! firent ensemble et avec stupeur, le curé Rousseau et M. Dumoulin.

— Oui, messieurs, quittance finale! reprit Tellier, avec une certaine exaltation de gra- titude ; — et quittance finale, sans que j'aie déboursé un écu.

— Conte-nous ça, mon garçon; j'aime fort le récit d'actions généreuses, surtout quand elles viennent de gens qui n'ont pas l'habitude d'en commettre! dit le curé d'un air sournois qui témoignait de tout son dépit.

— Bien volontiers, messieurs ; tout aussi bien sera-ce pour moi l'occasion de justifier le retrait de mon enjeu avant la fin de la partie que nous avons commencée ensemble, et que vous achèverez sans moi, s'il vous plaît....

— Bon, bon, nous causerons de cela plus tard, monsieur l'homme aux impressions exal- tées, dit le curé. Conte, en attendant!

—Vous savez si, jusqu'à ce jour, j'ai marché d'un bon pied avec vous. Le 25 au soir, quand j'arrivai à Marmande, je trouvai dans l'auberge que vous m'aviez indiquée les compagnons qui, partis avec moi de La Réole, avaient rejoint sans moi l'armée de Toulouse, et qui, d'après les instructions du parti royaliste, s'étaient repliés sur Marmande, entraînant avec eux le plus de mécontens qu'ils avaient pu. Je trouvai tout ce monde prêt à agir, les uns par rouerie, c'étaient mes compagnons; les autres par bonne-foi et enthousiasme bonapartiste, c'étaient les vieux troupiers; mais tous dans l'intérêt de vos projets, connus de ceux-là, ignorés de ceux-ci. Le bateau de Jérôme Lanoir nous transporta à La Réole, et vous savez si je les ai habilement conduits au renversement du drapeau blanc, arboré depuis le matin, et si j'ai manqué d'aplomb et d'éloquence de corps-de-garde, devant les autorités muettes de l'arrondissement, dans le bâtiment des Bénédictins. Le drapeau renversé, sans

m'inquiéter le moins du monde si le masque
patriotique dont je m'affublais, ne me serait
point brisé sur le visage, c'est encore moi qui ai
mené ma bande chez les frères Faucher ; et ce
n'est la faute ni de mon exaltation, ni de mes
bonnes raisons, si les frères Faucher ne sont pas
montés à cheval pour un coup de collier contre
les royalistes du pays. Mais j'eus beau échauffer
leur patriotisme, les chatouiller jusqu'au sang
à l'endroit de leur vanité, et ensuite leur montrer la réaction qui allait leur courir sus, s'ils
ne la prévenaient, je ne pus les faire sortir de
leur résignation, de leur obéissance passive.
Tout ce que j'ai pu en obtenir, ça été de leur
faire accepter notre dévouement et nos coups
de fusil, dans le cas où ils seraient attaqués dans
leur demeure. Aussi, grâce à moi, depuis trois
jours, leur maison ressemble à une place forte
qui se tient sur le qui-vive, avec les armes chargées, en faisceaux dans les cours, et avec des
sentinelles aux portes et sur les murs.

— Eh ! eh ! c'est bien quelque chose...! dit

en souriant et en se frottant les mains, le curé
de Saint-Michel, qui jeta un coup-d'œil signi-
ficatif au procureur Dumoulin. Mais celui-ci
ne parut pas comprendre.

— Oui, reprit Tellier, c'est bien quelque
chose; mais ce quelque chose, on l'a fait avorter, on l'a réduit a rien. Averti de ce qui se
passait dans la maison Faucher, vous avez fait
venir de Bordeaux des volontaires royalistes,
afin que les assiégeans ne manquassent pas à la
maison que vous vouliez assiéger, ces messieurs
avaient un double intérêt pour agir : d'a-
bord, pour avoir raison de certaine correction
que l'un des Faucher leur avait donnée dans
leur ville même, et ensuite pour mettre en
branle la réaction royaliste dans notre pays!
Qu'est-il arrivé, cependant? Ces braves assiégeans n'ont pas fait la moindre démonstration
devant la place. Ils ne sont pas seulement venus frapper à cette porte qui, grâce à nous,
ne demandait pas mieux que de s'ouvrir au
premier coup. Un semblant de bataille même,

leur a fait peur; et ils ont laissé se morfondre
à les attendre dans la place, les intelligences
qui les y attendaient. Tout s'est passé en pour-
parlers entre les frères Faucher et messieurs
de la municipalité de La Réole; qui semblent
n'être entrés en fonctions que pour désorga-
niser l'émeute. Fameux réactionnaires que
vous avez là, M. le curé ! qui font de l'ordre
dans le désordre, et rengaînent leur flamberge
à la première protestation qu'on leur adresse.
D'intrépides sabreurs encore, que vos volontaires royaux ! qui épouvantent les femmes et
les enfans de leurs cris enroués, émoussent le
tranchant de leur sabre contre les meubles et
les pots de faïence d'un pauvre petit marchand,
et en cassent la pointe contre les douves de
tonneaux de vin dans une cave. Tenez, c'est
une pitié; c'est à dégoûter, pour jamais, des
gens de votre parti !

Savez-vous aussi ce qui arrive à cette heure?
Quand nous avons vu que vos prétendus volontaires s'en allaient comme ils étaient venus,

Gros-Jean comme devant, mes amis et moi nous nous sommes pris à avoir honte du rôle que vous nous aviez fait apprendre en pure perte, et qui pouvait à peine être justifié par le succès, lequel, cependant, en mauvaise morale, justifie tout. De là à la sympathie pour les hommes que nous étions chargés de trahir, il n'y avait pas loin ; c'est que nous n'avons pu voir, pendant trois jours, sans les aimer un peu, ces deux généraux qui, prêts à défendre bravement leur cause et leur vie, se confiaient à nous avec un abandon qui ne connaissait point de réserve. Nous avons fini même par si bien nous pénétrer du rôle de défenseurs, que si, à cette heure, vos volontaires royaux revenaient, nous leur ferions une réception à bons coups de fusil. Oh ! ne faites pas ainsi la grimace, messieurs, vous savez d'abord que vos occiseurs d'innocens ne s'y frotteront pas ; et d'un autre côté, nous nous sommes licenciés nous-mêmes, parce que je n'ai pas voulu que mes camarades, qui ne connaissent pas le dessous des cartes que vous vouliez retourner, fussent exposés à passer par les armes, pour s'être laissés entraîner à résister au gouvernement royal. En ceci, dieu merci, j'ai été merveilleusement secondé par la maladresse et la poltronnerie de vos partisans qui, ignorant le véritable motif pour lequel nous campions chez les frères Faucher, ont pris au sérieux notre attitude, et nous ont fortement engagés à nous débander, ce que je n'ai eu garde d'empêcher, je vous assure.

— C'est bien, c'est bien, dit le curé un peu contrarié cependant ; nous tâcherons d'avoir assez de ce que vous avez fait, et d'en tirer bon parti... Mais tout cela ne nous dit pas comment les frères Faucher vous ont remboursé...

— Remboursé!... par dieu, curé, le mot est joli. Remboursé? mais ils ne me devaient rien, c'est moi qui leur devais au contraire, et ce que vous appelez un remboursement est un cadeau qu'il m'ont fait ; une générosité,

vraiment, dont je leur tiendrai compte... sans
toute fois me montrer ingrat envers vous, si
je le peux.

— Mais, encore, reprit le curé.

— Voici. Vous comprenez que quel que soit
le laissez aller, la confiance des deux frères
envers ceux qui se jettent à leur tête dans des
circonstances graves, et qui ne se donnent
pour rien de moins que pour de hardis auxi-
liaires dans un coup de dez, où la tête est l'enjeu, il y a eu cependant, si non une enquête
soupçonneuse, au moins des questions indi-
viduelles, assez naturelles envers des gens qui,
courant la même chance, doivent savoir qui ils
sont. Quelle que soit la dose de ruse dont le ciel
m'a doué, j'avais trop sur le cœur le véritable
motif de ma haine, pour qu'il ne passât pas
sur mes lèvres à la première occasion.

— Et il y est passé, interrompit vivement
Rousseau.

— Pas tout à fait, M. le curé. J'ai mis en
dehors le motif, mais j'ai masqué la haine.

Sans autre sentiment que celui de la justice
et de la probité personnelle, les frères Faucher me mirent au courant de toute mon affaire, et pièces en main, me prouvèrent que
pas plus envers ma famille, qu'envers beaucoup d'autres, ils ne s'étaient montrés ce que
la calomnie ne cesse de les dire. Ce matin,
quand le besoin qu'ils pouvaient avoir de nous
a cessé, lorsque leur action ne pouvait plus
avoir une couleur de corruption à mon égard,
ou sembler un moyen de retenir une fidélité
chancelante, ils m'ont fait appeler. Vous n'a-
vez nulle envie, j'imagine, que je vous fasse
connaître par les moindres gestes, ou paroles,
la manière dont ils s'y sont pris pour que ma
mère et moi nous trouvions quittes envers eux.
Il me suffira de vous dire que la susceptibilité la plus collet monté n'aurait pu refuser.
Mon émotion a été mise à une si rude épreuve,
que je leur ai fait offre de service; et je me
suis mis à leur disposition pour faire parvenir
aux mains mêmes du général Clauzel, à Bor-

deaux, une lettre dans laquelle ils rendent compte de leur conduite.

— Eh bien ! Tellier, je te félicite de l'issue de cette affaire, dit le curé après un assez long silence, comme s'il préparait déjà un autre moyen d'arriver à ses fins. Je suis moi-même, ajouta-t-il, tout attendri de ce que tu viens de nous révéler, et je vois avec plaisir que les deux frères Faucher valent mieux que leur réputation.

— A la différence de tant de prétendus braves gens qui valent moins, répliqua Tellier : il ne put retenir une épigramme.

— Comme tu dis, continua le curé qui eut l'air de ne pas saisir l'apostrophe. Eh bien, mon garçon, nous ferons route ensemble ; je pars aussi pour Bordeaux.

— Sans doute, ce me serait un grand plaisir de voyager avec vous, M. le curé, mais...

— Quoi? te repens-tu déjà de tes bonnes dispositions pour les deux frères...

— Non, certes ! mais, voyez-vous, j'ai bonne

envie d'aller embrasser ma vieille mère, c'est
un jour de moins qu'elle aura à pleurer sur
notre mauvaise fortune; et quand on a tant
pleuré, c'est beaucoup qu'un jour de moins.

— Bon fils! murmura à demi-voix le curé,
et d'un ton pénétré; il avait presque les larmes
aux yeux. Comment alors vas-tu faire pour
concilier les devoirs de la reconnaissance avec
ceux de l'amour filial? ajouta-t-il nonchalam-
ment, comme s'il s'y intéressait peu, le madré
qu'il était.

— Si j'étais bien sûr de quelque chose, je
sais bien un moyen; reprit Tellier ayant l'air
de faire un appel au curé de Saint-Michel.

— Bah! Et quel est-il? demanda le curé
toujours sur le même ton d'insouciance.

— Au fait, reprit Tellier après un moment
de réflexion et comme s'il se répondait à lui-
même, il n'y a pas grand risque à courir. Cette
lettre, je l'ai lue. Elle ne renferme rien que
tout le pays ne sache, et il importe peu par qui

elle soit remise... pourvu qu'elle soit remise.

Le curé eut l'air de ne pas entendre; et dans l'attitude de la méditation ou du désœuvrement, les deux mains ramenées sur le ventre, il faisait tourner ses deux pouces autour l'un de l'autre. Le procureur du roi tenait un livre à la main; mais il avait ses yeux levés moins sur son livre que sur le curé, qui à son tour levait les siens à la dérobée sur la figure embarrassée de Tellier, qu'il voyait de reste venir à lui et tomber dans le piège.

Tellier, de son côté, en présence de cette indifférence qu'il croyait réelle, se vit forcé de parler.

— Ma foi, curé, dit-il, je n'y vais pas par quatre chemins... Voulez-vous être le porteur de la lettre des frères Faucher ?

— Y pensez-vous? riposta, en bondissant sur son siége, le curé, comme s'il se fût senti frappé d'un coup inattendu... Cependant de peur qu'un étonnement si exagéré ne fût pris pour un témoignage de mécontentement de-

vant lequel toute insistance se retirerait, il se
hâta d'ajouter d'un ton plus radouci : Vous
savez bien, mon ami, que quelle que soit ma
bonne volonté, je ne puis rendre service à des
gens qui, même alors calomniraient mes intentions... et puis s'il arrivait quelque chose
qu'on ne peut prévoir... que moi-même au
demeurant, je ne prévois pas... on ne man-
querait point de...

— Oh! M. le curé, interrompit vivement
Tellier se voyant déjà sûr de son affaire, vous
avez un caractère qui vous met au-dessus du
soupçon quelque chose qui puisse arriver.
Mais je vous le répète, cette lettre n'a rien
dont puisse être compromis qui que ce soit
au monde, c'est un rapport de subalterne à
supérieur, rien de plus.

— Enfin, puisque vous le voulez, mon ami,
dit Rousseau, il faut bien que je le veuille aussi.
Je remettrai la lettre à son adresse. Vous pouvez en toute sûreté aller consoler votre mère ;
M. le procureur du roi vous fera savoir si nous

avons besoin de vous, et pour quel jour.

Tellier et le curé Rousseau venaient de jouer au plus fin, et comme il arrive en pareil cas, ils se frottaient mutuellement les mains, en disant à trompeur trompeur et demi; et chacun d'eux croyait être le trompeur et demi.

— A merveille! dit en sortant Tellier. Par l'appat d'une bonne perfidie, j'obtiens un double succés; d'abord le cher curé quitte La Réole pour trois jours au moins, les meneurs royalistes ne sauront où donner de la tête en l'absence de ce boute-feu; et ensuite, je ne quitte pas une ville où je puis être utile aux deux frères.

— Va, excellent fils, va voir ta mère, disait de son côté le prêtre en suivant de l'œil Tellier qui s'éloignait. Pauvre garçon, ajouta-t-il en se retournant vers le procureur du roi, il s'imagine pouvoir retirer ainsi son enjeu de la partie que nous devions jouer ensemble; et parce qu'il lui est venu des scrupules de conscience, il voudrait qu'il nous en vînt aussi ap-

paremment. Mais, avec tout son esprit, je lui
ferai voir qu'il n'est qu'un niais, et malgré lui
je le forcerai à marcher avec nous... D'abord,
voyons cette lettre.

—Comment, curé, s'écria le procureur du
roi dont le front devint rouge, et qui se jeta
précipitamment sur la main du prêtre se mettant en posture de rompre le cachet de la
lettre laissée entre ses mains. — Comment,
vous allez violer le secret d'une lettre confiée
à votre probité?

— Mon ami, reprit froidement Rousseau,
en cherchant à dégager ses mains de celles du
procureur du roi; — permettez-moi de vous
dire que vous n'y entendez rien; et je renonce
à vous avoir pour associé, si vous me cassez
davantage la tête, de vos cas de conscience.
Pour celui-ci, je consens à le lever, mais que
ce soit le dernier, je vous prie. Si le gouvernement était bien constitué, il aurait une bonne
police, n'est-ce pas? or, toute bonne police
s'exerce surtout dans l'administration des

postes ; car, un bon gouvernement ne doit pas plus ignorer ce qui s'écrit que ce qui se dit chez lui. Donc, de même qu'il a des espions, pour savoir ce qui se dit, il lui en faut pour savoir ce qui s'écrit. C'est pour cela que de tout temps, il y a eu dans l'administration des postes des préposés au secret des lettres : c'est ce qu'on appelle LE CABINET NOIR...

— Mais cela est infâme.

— Mais, cela vaut mieux qu'être dupe. Et le gouvernement le serait, puisque ayant le monopole du transport des dépêches, il serait forcé de servir de messager à ceux-là même qui, dans leurs lettres, s'occuperaient des moyens de le culbuter.

— Mais, en ce cas, c'est un affreux guet-à-pens que l'administration des postes !

— Mais aussi, est-ce l'œuvre d'un roi qui était fort entendu dans l'art d'éclaircir ses soupçons. Ah ! voilà un grand roi que sa majesté Louis XI ! et qui, pour arriver à la découverte d'un complot, ne tergiversait pas sur les

moyens !... Quitte pour demander pardon ensuite à Notre-Dame la Vierge d'Embrun. Aussi,
inventa-t-il l'administration des postes. Ce fut
là un admirable réseau, jeté sur toutes les parties de la population française, et dont les rois
ses successeurs auraient bien fait de tirer meilleur parti. La violation du secret des lettres, est
donc l'acte d'une politique prudente, et d'un
gouvernement qui connaît son métier. Or, que
fais-je en ce moment ? mon Dieu, j'agis pour le
compte et pour l'intérêt de notre bon Roi ; je
supplée à ce qui manque à son gouvernement.
J'ai donc ma conscience bien tranquille...
Ainsi, permettez...

— Encore un mot, dit Dumoulin...

— Deux si vous voulez, répliqua avec impatience le curé, mais, achevons.

— Remettrez-vous cette lettre à son adresse,
quel qu'en soit le contenu ?

— Parbleu, je le crois bien. Si elle ne renferme rien de coupable, pourquoi la retenir ?

— Et si elle est criminelle ?

— Raison de plus pour la remettre ! mon

ami, il ne faut point faire avorter les projets
qu'elle peut annoncer; il vaut bien mieux les
surveiller, quand nous les connaîtrons, et les
arrêter au moment où les comploteurs auront
la main dans le sac. Réprimer! vaut mieux, selon moi, que prévenir. Prévenir les complots,
ce n'est le plus souvent que leur faire faire
leur apprentissage de prudence ou d'habileté,
et ils recommencent sur nouveaux frais; mais
les réprimer! c'est les frapper avec toute la
longueur et toute la vigueur du bras; c'est les
coucher à terre, de façon à leur ôter l'envie de
se relever.

Le curé avait à peine achevé, que déjà le
cachet était rompu.

Il lut à haute voix : et il entremêla sa lecture des réfléxions que les divers passages faisaient naître en lui.

       » Général,

» Vous commandez encore, et jusqu'au dernier moment nous vous rendrons compte de
la situation des contrées, que vous avez confiées à notre commandement.

» Nos fonctions de général cessèrent avec la journée du 21 juillet »

— Mauvais logiciens! dit le curé, vous n'avez à rendre compte de rien; puisque vous faites un rapport, vous faites acte de généraux... ce défaut de logique vous peut mener loin.

» Le 22, à l'aube, conformément à votre ordre du jour, le drapeau blanc fut arboré par mes soins, comme maire de La Réole. »

— Et ce n'est pas ce qui vous a le plus amusé, M. le maire! ajouta le curé.

» Quelques heures après, je déclarai par écrit au sous-préfet, que je tenais à honneur d'avoir été élu maire de La Réole, mais que dès ce moment, je cessais mes fonctions de maire provisoire, parce que n'y ayant plus de danger, je ne voulais pas remplir des fonctions arbitrairement léguées par le préfet. »

— Eh! non, dit le curé, il faut à ces messieurs l'élection populaire; on vous en donnera, messieurs les Jacobins!

» Peu après, les drapeaux blancs furent ab-

batus par des militaires d'un corps en marche,
qui, auparavant, étaient allés en prévenir le
sous-préfet. »

— Ah! ah! nous voici à la comédie jouée
par Tellier..... Mais c'est qu'ils s'y sont laissés
prendre, voyez plutôt.

» Ces militaires ont sans doute fait une faute... mais, général, jugez s'ils ne sont pas ex-
cusables dans leur erreur. »

— Ah! vous trouvez cela, et vous appelez
cela une erreur? imbécilles! nous en ferons un
crime.

» A l'apparition de la cocarde blanche et du
drapeau blanc, l'armée de Toulouse s'est dé-
bandée; plusieurs militaires qui arrivaient sur
des bateaux, ayant encore conservé les couleurs tricolores, vinrent me demander de les
conduire au service de la patrie : » Nous
voulons mourir pour elle, disaient-ils. »

— Et pardieu! il fallait les y conduire. Pauvres sots!!

» Puis des larmes tombaient sur leurs ga-
lons. »   •

— Il faut convenir que ce diable de Tellier
est un habile comédien!

« En me voyant dans l'impossibilité de
leur parler, par ma trop grande émotion, ils
me pressèrent dans leurs bras ; les uns me
touchaient les mains, d'autres la tête, d'autres
mes habits. »

— Ah! pardieu, je le crois bien..... Et ils
ont pris tout cela pour de l'argent comptant...
Bravo, Tellier, bravo! ceci me réconcilie un
peu avec toi.

» Général, ce ne sont pas là de mauvais Français... »

— Nous verrons cela... Comment oser appeler bons Français des hommes qui renver-
sent les couleurs royales ! des hommes qui disent que la patrie est opprimée, parce que les
Bourbons reviennent, et qui veulent qu'on les
conduise à sa défense, c'est-à-dire contre les
Bourbons!... Eh bien! Dumoulin, quel beau

texte à réquisitoire... Vrai Dieu, je voudrais
être à votre place.

» De nombreux soldats, une armée se serait
ralliés encore ici, dans ces derniers momens...
Mais ouvertement, officiellement, on met en
usage tous les moyens de dissoudre nos corps
militaires... »

— Allons, voilà la besogne de cet écervelé
de Tellier!.... Sans lui, nos jumeaux allaient
tenter une échafourrée. Le diable l'emporte
avec sa susceptibilité et sa reconnaissance!

» Des hommes revêtus d'uniformes, et qui
prennent fièrement le titre de *gardes royaux,*
sont arrivés lundi 24, à La Réole; et, de con-
cert avec les autorités constituées, ils disent
aux diverses détachemens de militaires : »Notre bon Roi n'a plus besoin d'armée; c'est un
bon père, il vous renvoie chacun dans vos familles; recevez une feuille de route, et on va
vous fournir le logement et la nourriture. »

— Ah ça! mais, les Faucher se mocquent :
on n'a jamais tenu ici un pareil langage.

— Ils ne se mocquent nullement, répondit le procureur Dumoulin, resté jusque là auditeur impassible. C'est bien en effet le langage tenu par messieurs Peyrusse et Lavaissière. Si Tellier a commencé à gâter la besogne, notre municipalité l'a bien achevée.

—Les poltrons ! ils ont craint de voir prendre au sérieux, par les frères Faucher, les propositions de révolte. Complotez donc une bonne affaire en société de gens qui ont peur même de fusils chargés avec des cartouches de son ! Enfin, vous voyez que sans cette couardise, les frères Faucher donnaient en plein dans la révolte. Quel dommage qu'ils en soient à dire :

» Par ce moyen, nous voyons *régulièrement* licencier à La Réole, l'armée de Bayonne, une partie de celle de Toulouse, et de nombreux détachemens de celle de Bordeaux. »

—Allez, mes bons messieurs ! j'en ai autant de regret que vous.

» Les faits des hommes qui se disent gardes royaux, ne se bornent pas là ; ils ont violé les

domiciles, et commis des excès sur de braves
citoyens connus pour leur attachement aux
principes dont vous êtes le dernier défenseur ;
ils ont couru les rues en criant qu'ils venaient
pour enlever les généraux Faucher morts ou
vifs. »

— C'est ce qu'ils auraient dû faire; car,
c'est pour cela que nous les avions fait venir...
Les lâches !

» Dans cet état de choses, notre maison est
réellement en état de siége... et, au moment
où nous écrivons, nos armes sont là..... nos
avenues éclairées, le corps de la place en défense, et nous ne craignons pas la désertion
de la garnison. »

— Enfin ! s'écria le curé, bondissant de joie
sur son siége, et parcourant la salle en se frottant les mains; — enfin, vous vous livrez, mes
chers messieurs. Vous avouez donc avoir un
arsenal chez vous ? Le gouvernement du roi
étant établi, vous avouez être en état d'hostilité!.. O mon cher Dumoulin, que vous allez

être beau! Quel triomphe pour votre éloquence et votre royalisme! Ma foi, vous avez
de quoi devenir procureur-général.

» Cet état respectable est respecté par ces
messieurs qui attaquent et frappent des hommes faibles, des femmes et des enfans. »

— Vous payerez cher ces délations! Mais,
Dieu me pardonne, voici votre paquet, mon
cher Dumoulin. Oui, voici ce qui est écrit,
après quelques réfléxions sur le silence des autorités locales;

» M. Dumoulin, procureur du roi, et le
substitut Montaubric, viennent de lancer un
mandat d'amener pour prévention de crime,
non pas contre les scélérats qui ont tenté
d'assassiner le sieur Albert, — un pauvre marchand de fayence! qui ont frappé sa fille,
foulé aux pieds la dame Peyroulet, et commis
tant d'autres sanglantes avanies sur les patriotes de La Réole et sur leurs familles... mais
contre J. Dubois, vigneron, prévenu du crime
épouvantable, irrémissible d'avoir dit assez

hautement que l'état actuel n'était que pas-
sager, et que les amis de la patrie triomphe-
raient!... qu'il avait lu cela dans un livre ancien. »

— Qu'en dites-vous, mon ami, cela vous
tombe d'aplomb sur la joue.

— Oui, dit froidement Dumoulin, et moi
je le leur ferai retomber sur la tête!... seulement pour leur apprendre à porter leurs regards sur les motifs des décisions de la justice.

— J'aime à vous voir de la sorte; mais continuons.

« Ces messieurs les gardes royaux, flanqués
de tout ce qu'ils ont pu recruter dans le
pays, ne s'élèvent pas à plus de cent chevaux, nous les enlèverions et nous comprime-
rions leurs satellites, ce serait l'affaire d'un
tour de main, en plein midi ;... »

— Au moins, ce n'est pas la bonne volonté
qui leur manquait. Oh ! Tellier, Tellier.

« Mais nous craignons que cet acte de juste
défense ne devienne le signal de la guerre

civile, ou tout au moins ne contrarie les dispositions de notre général. »

— Voilà-t-il pas un grand dommage que
cela eût contrarié M. Clauzel?... Cela nous eût
si bien arrangés, nous !

« Nous vous aurions une grande obligation
si vous nous disiez la marche que nous de-
vons tenir pour être en aide à la patrie en souf-
france. »

—Bien obligé! Il n'est plus temps à présent,
mes beaux messieurs, il faut tourner vos bat-
teries d'un autre côté; de celui-ci il n'y a plus
rien à faire. Mais nous vivons bien, j'espère,
sans que vous veniez en aide à la patrie en souf-
france, messieurs les patriotes qui croyez qu'en
dehors de Bonaparte il n'y a plus de patrie.

« Cette lettre vous est remise par un patriote
de confiance... »

— L'apostille est excellente! Oui, certainement, elle sera remise, cette lettre si précieuse
qui vous enverra tout droit où je veux dire,
messieurs les jumeaux. Oui pardieu! j'y reviens;

s'il suffisait jadis à un ministre, fort distingué
et qui entendait bien les affaires, d'une seule
ligne de l'écriture d'un homme pour l'envoyer
pendre..... J'espère bien qu'avec une lettre
semblable de votre main blanche, mes chers
jumeaux! il y aura de quoi vous faire écarteler.

XIV.

LA VISITE DOMICILIAIRE.

———

Le curé de Saint-Michel s'arrangea de manière qu'il n'arriva, ou du moins ne se fit voir à Bordeaux, que le matin même du jour où le général Clauzel avait résolu d'abandonner la ville aux autorités Royales. Il ne savait que trop bien ce qu'il devait attendre de ce retard,

dans l'intérêt de ses desseins. Aussi, ne joua-
t-il nullement l'étonnement, et ne recourut-il
à aucune vaine insistance personnelle, qui,
du reste, aurait été dans l'esprit de son rôle,
lorsqu'après avoir pris lecture de la lettre
des frères Faucher, le général Clauzel lui
répondit, non sans une certaine défiance,
qu'ayant quitté ses pouvoirs depuis quelques
heures, il avait le regret de ne pouvoir plus
rien faire pour venir en aide à deux hommes
qu'il aimait.

— Vous personnellement ? j'en tombe d'accord. Vous ne pouvez plus rien à cette heure,
répliqua le curé, sans paraître préoccupé ni
blessé de la défiance mal déguisée de son interlocuteur. Mais ce que vous ne pouvez faire,
vous, parce que vous quittez le pouvoir, peut
être fait par ceux qui y arrivent. Ce n'est pas à
M. Clausel, simple particulier, que s'adressent
les jumeaux de La Réole, c'est au général in-
vesti de l'autorité qui protège les citoyens ;
c'est donc à cette autorité, en quelques mains

qu'elle passe, que cette lettre doit suivre.

— Je m'attendais peu, Monsieur, moi qui
vous connais, reprit gravement le général, à
vous voir dans d'aussi généreuses dispositions,
pour des hommes qui n'ont avec vos opinions
aucune sympathie; mais je vous remercie de
l'avis que vous m'ouvrez, j'en profiterai.

— Je ferai plus, général, répliqua vivement le curé avec une chaleureuse dignité,
je remettrai moi-même cette lettre à qui de
droit, si vous le voulez bien; c'est même avec
cette intention que je m'en suis chargé. Si
vous aviez encore commandé ici, j'aurais laissé
au patriote, annoncé dans le post-scriptum, le
soin de vous la remettre : c'était en effet la
voix d'un patriote qui aurait trouvé accès auprès de vous. Mais puisque l'autorité est passée aux royalistes, il faut auprès d'eux, pour
s'en faire écouter, une voix royaliste... et cette
voix sera la mienne.

— Curé, votre main ! vous parlez comme
un bon prêtre, et ce qui est aussi bien, comme

un brave homme, et je me connais en loyauté.
Voilà la lettre, je vous la confie ; faites pour
le mieux auprès de vos autorités nouvelles. Le
général Clauzel n'oubliera pas que vous lui avez
rendu moins amère la perte d'un pouvoir
qu'il n'aurait voulu garder que pour donner
aide et protection à tous. Attendez ! comme il
faut que le renvoi à l'autorité compétente ait
un caractère officiel, veuillez y joindre ces
quelques lignes que je vais écrire.

— Au fait, j'aime mieux cela, dit en descen-
dant l'escalier le curé de Saint-Michel qui,
après avoir salué le général et être sorti lentement comme un homme grave et conscien-
cieux qu'il paraissait être, avait, quand il s'é-
tait trouvé libre, précipité sa marche, comme
s'il eût craint qu'une réflexion de défiance ne
le fit rappeler. — Oui, j'aime mieux cela !
quoique à l'endroit d'une conscience aisée, il
soit dit que le but sanctifie les moyens, je ne
sais quel sot scrupule me faisait répugner à livrer à l'autorité la copie que j'ai tiré de cette

lettre. Dieu merci, je peux agir maintenant en
toute sûreté de conscience, je tiens l'original...
s'il arrive malheur aux deux frères, je me sauve
derrière le caractère officiel que cet excellent
général a donné à cette transmission. Oui, ma
foi ! ajouta-t-il un moment après, comme si,
lancé dans l'audition des voix diaboliques qui
parlaient en lui, il en eût reçu de nouvelles ins-
inspirations: Oui, ma foi! l'original vaut mieux
que la copie, du moins celui que l'on accuse ne
peut prétendre alors qu'il a été calomnié; et de
plus, on tient les deux bienheureuses lignes qui
suffisaient à un grand homme, comme je le di-
sais l'autre jour à mon timide procureur du roi.

En peu d'instans, le prêtre se trouva dans
les salons de la préfecture, face à face avec
M. Tournon, le nouveau préfet de la Gironde.
Celui-ci lui donna un tour de faveur, comme
il convenait aux administrateurs sachant bien
ce que le clergé allait devenir.

Le curé et l'administrateur demeurèrent en-
fermés une grande heure ensemble. Ils occa-

sionnèrent de vives colères aux solliciteurs qui
attendaient à la porte ; d'autant plus que, sans
même trop prêter l'oreille aux joyeuses excla-
mations qui se faisaient entendre dans le cabinet fermé devant leur impatience, ils pouvaient
penser que les deux interlocuteurs se livraient
sans nul souci à une folle causerie. Le dépit et
l'envie parurent, sur le visage du plus grand
nombre, lorsqu'ils virent le curé traverser la
salle d'attente d'un air de triomphateur, et
dans un mouvement de joie convulsive, frapper vivement sur ses ongles avec un papier
plié en quatre qu'il tenait à la main, et qui,
délivré par le préfet, renfermait sans doute la
réponse favorable à sa demande.

C'était en effet le succès de sa demande que
le curé tenait en main, et comme s'il eût
voulu savourer de nouveau tout le bonheur
qu'il en ressentait, il déplia le papier et se
mit à relire ce que lui-même avait dicté au
préfet, lequel s'était montré, il faut le dire,

nn instrument bien complaisant et bien en-
joué.

Si quelqu'un fût venu, en se haussant sur la
pointe des pieds, regarder par-dessus les épaules du curé qui avait ralenti sa marche, il aurait su d'où venait au prêtre cet air de jubilation séraphique qui lui épanouissait le visage.
Jamais, en vérité, acteur jouant le rôle du marquis dans le *Distrait* de Regnard n'a fait, en
disant : *saute Marquis*, un bond plus joyeux,
où se peignait plus le contentement de soi-
même. Jamais, non plus, un homme pieux
et puissant, accessible à tous les nobles sentimens de commisération et de sympathie pour
ceux qui souffrent et qui pleurent n'aurait en
tenant à la main la grâce d'un condamné, ar-
rachée par ses prières, ses larmes et sa chaude
éloquence à la sévérité d'un prince, paru plus
heureux que le curé quand il relisait ce bienheureux papier, dans la possession duquel il
semblait se complaire.

Aussi, à le voir se hâter, aurait-on dit que cet écrit renfermait toute une destinée, qu'une minute de retard pouvait perdre ou sauver. Il n'aurait été ni plus ému ni plus vite s'il s'était agi d'arriver, juste dans l'intervalle qui doit s'écouler, entre le moment où le bras du bourreau se lève, et celui où il retombe. On aurait pu se croire d'autant plus en droit de s'arrêter à une idée de cette nature, que le curé de Saint-Michel était l'aumônier des prisons de Bordeaux et le confesseur des malheureux condamnés, et qu'il se précipita, plus qu'il n'entra, dans le bâtiment destiné à loger la gendarmerie du département de la Gironde.

— Capitaine Maury! voici un ordre qui demande à être exécuté sans retard.

En voyant au curé de Saint-Michel cet air affairé qui ne lui avait pas même donné le temps de reprendre haleine, après une assez longue course, en longue soutane de drap, et en pleine chaleur du mois de juillet, le capitaine Maury eut tout d'abord une opinion fa-

vorable à la démarche du prêtre ; avec cela que
les prisons de Bordeaux regorgeaient de gens
soupçonnés du crime énorme de n'avoir pas
salué par une joie furibonde le retour du drapeau blanc.

— Ma foi, curé, bien volontiers ! se mit-il
à dire, en prenant le papier plié que celui-ci
lui tendait ; car ce doit être quelque bonne
action, puisque vous vous en chargez.

— Comme vous dites, capitaine, reprit le
curé moitié sérieux, moitié railleur, une
bonne, une excellente action !

— Eh bien, tant mieux ! répliqua le capitaine avant de porter les yeux sur le papier qu'il
tenait grand ouvert... Car, voyez-vous, curé,

*Quoique l'on soit gendarme, on n'en est pas
moins homme.*

Et il se prit à rire de l'à-propos de sa cita-
tion. Le curé, lui, ne rit nullement de cette légère variante au *Tartuffe* qui, vu la circonstance,
avait l'air d'une allusion peu flatteuse.

A son tour, le capitaine Maury cessa bientôt

de rire. Pâle, ému, le regard incertain, dans
toute l'attitude de la stupeur, il laissa retomber le long de ses cuisses, ses deux mains qui
avaient porté à la hauteur de ses yeux, le fatal écrit dont il venait de prendre connaissance. Mais bientôt, se sentant sous l'influence,
et sans doute sous l'espionnage du curé qui, le
couvrant du regard, ne perdait pas un seul
mouvement de sa physionomie, le capitaine
comprit qu'il y avait danger de laisser passer
ainsi sur le visage ce qu'il avait dans le cœur.
Il allait sans doute répondre, lorsque le curé,
prenant sa revanche pour la plaisanterie de
tout à l'heure, riposta d'un air moqueur : —
Il paraît même, que pour le quart-d'heure,
vous êtes *plus homme que gendarme*, M. le capitaine. Mais c'est peut-être la faute de l'ordre
que je vous ai remis ; il a été écrit à la hâte,
par M. le préfet, qui n'écrit pas comme un
professeur de calligraphie, et votre embarras vient sans doute de la peine que vous avez
eu à le lire. Permettez donc...

Et avant que le capitaine eût fait la moindre réponse, le papier était passé de ses mains dans celles du curé qui lut à haute voix :

Le Préfet, etc., etc.

« Vu la lettre adressée à M. le général Clauzel, par les sieurs Faucher de La Réole, et à nous officiellement transmise par ce général ;

« Considérant que de cette lettre, résulte l'aveu que les sieurs Faucher, ont dans leur maison un amas d'armes, et qu'ils y ont réuni des individus armés ;

« Vu l'article 76 de l'acte constitutionnel du 22 frimaire, an 8,

ARRÊTE :

« Article Ier. Le capitaine de la gendarmerie du département de la Gironde, est requis de faire dans la maison des sieurs César et Constantin Faucher, de la ville de La Réole, les perquisitions nécessaires pour s'assurer si elle renfermè une réunion d'individus armés, ou un dépôt d'armes.

« Article II. Le capitaine de la gendarmerie dressera procès-verbal de sa perquisition, conformément aux lois, et il le remettra à M. le procureur du roi, près le tribunal de I⁰ᵉ instance de la Réole, pour être par ce magistrat, pris telles mesures que de raison.

« Fait à Bordeaux, etc.

« Le Préfet de la Gironde.

Tournon. »

— Cela est simple, cela est clair, n'est-ce pas, capitaine? ajouta le prêtre, en rendant à cet officier l'arrêté dont il venait de donner lecture; et vous êtes assez coutumier de ces sortes d'expéditions, pour savoir que tout leur mérite vient de la promptitude dans leur exécution. Il s'agit de surprendre le renard dans son terrier, en flagrant délit de ruse et d'hostilité.

—Je connais mon devoir, monsieur, répliqua sèchement le capitaine.

—Ainsi, vous serez à La Réole?...

—Demain.

—Demain? on ne peut mieux. Au point du jour?

— Pourquoi cela? l'œuvre de la justice doit se faire en plein soleil.

— Ah parbleu, c'est encore au mieux possible! dit le curé en se frottant les mains. En plein soleil, et un jour de foire, lorsque les rues sont encombrées, et que les cabarets regorgent!... Il y aura bien du malheur s'ils en réchappent, ajouta-t-il, plus bas, et comme s'il se faisait une confidence à lui-même. — Capitaine, reprit-il à haute voix, nous ferons route ensemble.

—Ordinairement, monsieur, répondit celui-ci avec amertume, nous ne sommes précédés dans ces sortes de coups de main, que par des agens de police, ou suivis que par le bourreau et messieurs ses aides; mais, puisque nous n'avons ni les uns ni les autres, monsieur, nous serons ravis de vous avoir avec nous; nous partirons à minuit.

— Je serai prêt, dit brièvement le curé qui, en se retirant, jeta un coup d'œil furieux sur le capitaine pour le cruel rapprochement que celui-ci venait de faire.

En sortant du quartier de la gendarmerie, le curé se rendit à l'imprimerie de la veuve Cavazza, où il arriva tout haletant, tout ébouriffé. Là, sur le coin d'une table, il écrivit à la hâte et de verve, quelques feuillets de papier, qu'à mesure qu'ils étaient remplis, la veuve Cavazza envoyait aux compositeurs. Ils formèrent une violente proclamation dont, dans la soirée, quelques milliers d'exemplaires, encore tout humides, furent livrés au curé. Celui-ci en bourra une valise mise en croupe du cheval qui allait le porter à La Réole, en compagnie des trente gendarmes commandés par le capitaine Maury.

Le lendemain, vers les deux heures de l'a-

près-midi, les deux frères Faucher étaient
seuls dans leur salon, où ils jouaient avec Anaïs
Faucher et Jean-Jacques Bruno Faucher, leur
nièce et petit-neveu, deux enfans qu'ils aimaient comme ils auraient aimé leurs enfans,
les dignes soldats! Tout à coup, un capitaine
et un lieutenant de gendarmerie, suivis d'un
adjoint au maire de La Réole, entrent sans se
faire annoncer. Surpris, mais non effrayés de
cette visite, les deux frères, sans changer de
place, portent à travers les fenêtres, leurs regards sur la cour, le jardin et la muraille
d'enceinte. La cour était occupée par les trente
gendarmes, venus de Bordeaux; soixante-dix
officiers espagnols, faisant partie des réfugiés
non à la solde, mais à la charité de la France,
garnissaient les jardins; et des gardes nationaux
de la ville même, ou appelés des campagnes,
et venus en armes et en grand nombre, ob-
struaient les avenues, l'escalier de la maison,
et les fenêtres du rez-de-chaussée... Il y en
avait qui s'étaient perchés en védettes sur le

murs de clôture, à califourchon, jambes de ci,
jambes de là, et le fusil en travers sur les cuisses comme un balancier de saltimbanque sur
la corde tendue.

D'un coup d'œil, les deux jumeaux eurent
bientôt mesuré toute la difficulté de leur position. Ils s'entre regardaient, et ce regard suffit
pour les convaincre, que comme toujours
une seule et même pensée les animait, que
comme toujours leurs ames n'en formaient
qu'une, dont chacun d'eux avait une moitié.

Sans quitter la main de leur nièce et de leur
neveu — pauvres enfans qui leur souriaient
encore, mais tristement, comme des enfans qui
luttent entre leur gaîté interrompue qui s'en-
fuit, et la peur qui vient! — les deux frères s'a-
vancèrent, la tête haute, vers les trois visiteurs
que flanquaient de toutes parts une belli-
queuse compagnie.

Avant qu'ils eussent fait, par manière
d'entrée en conversation, la demande assez
inutile et qui se manifestait assez par les de-

hors, des motifs de cette irruption à main armée, les deux frères avaient connaissance de
l'arrêté du préfet, que sans proférer une parole, le capitaine de gendarmerie leur avait
présenté.

Ils se prirent à sourire, et serrèrent cordialement la main au capitaine de gendarmerie,
pour le payer sans doute dans sa position de la
douloureuse sympathie qu'ils avaient trouvée
dans ses yeux.

— C'est juste, capitaine, lui dit César, faites votre devoir.

L'adjoint au maire, Lavaissière, voyant les
deux frères aussi résignés, voulut aussi bal-
butier quelques paroles d'excuses sans doute,
sur la nécessité, sur la rigoureuse exigeance
de ses fonctions..... Mais il avait à peine prononcé les premiers mots, que les deux frères
le toisant à la fois de bas en haut et de haut
en bas, lui tournèrent le dos, et sans l'écouter, prièrent le capitaine de gendarmerie d'en
finir au plus vite avec sa besogne.

— Messieurs, leur dit celui-ci, veuillez tenir fermées les portes de votre maison, afin que personne n'y entre ou n'en sorte sans notre autorisation.

— Ma foi, capitaine, c'est l'affaire de ces messieurs, dirent les jumeaux, nous ne manquons, j'espère, ni de portiers, ni de geoliers! et ils laissèrent tomber un sourire dédaigneux vers les gens qui encombraient l'entrée des appartemens et les jardins.

— Nous vous prions aussi, reprit le capitaine, de nous présenter toutes les personnes qui sont actuellement dans votre maison.

— Allons, frère, dit César à Constantin, faistoi introducteur des ambassadeurs, laquais de bonne famille, ou paillasse de théâtre en plein vent, désigne le personnel de notre ménagerie.

Constantin prit bien la plaisanterie. Il se plaça au seuil de la porte, et commença sa nomenclature.

— Messieurs, ceci vous représente notre domestique, Jean Peytraud, âgé de vingt ans,

fils de Pierre Peytraud, quand vivait, domestique chez feu mon père, et de Baptistine
Tranchant, aussi quand vivait, femme de
chambre de ma mère ; lesquels père et mère
étaient fils et fille de...

— Frère, dit César, nous te ferons grace de
la généalogie!

—Voici présentement, continua Constantin, Marguerite Riché, femme du précédent,
bonne grossé réjouie, messieurs, s'entendant
aussi bien à faire un civet et un salmi, que
son mari à abattre le lièvre et les perdreaux
qui servent à cette œuvre culinaire. Allons,
Marguerite, faites la révérence à ces messieurs,
et priez Dieu que votre dîner ne sente pas aujourd'hui le rissolé, pendant que vous rendez
ici hommage à la justice du roi.

Arrive ici, toi, Annètte Peytraud ; fort jolie
fille, mais niaise, messieurs, que voulez-vous?
Nous ne tenons pas chez nous bureau de bel
esprit, et son frère veille à ce que l'esprit ne lui
vienne pas de la façon qui est dite dans le conte

de La Fontaine. Voici, de plus, Pétronille Peytraud, encore une sœur des précédens, un peu
moins jolie, mais en revanche un peu plus dé-
leurée que sa sœur Annette. Vous êtes invités à
ne pas la chatouiller, elle vous riposterait par
un vigoureux coup de poing : — M. l'adjoint
au maire que voilà, en a eu la joue enflée pendant quinze jours, dans le temps où les autorités municipales daignaient plaisanter avec
nos chambrières.

Un grand éclat de rire parcourut, à ces mots,
toutes les lignes de la meute d'observation. Le
pauvre M. Lavaissière, était rouge comme une
carotte, il prenait tant de peine à ne pas avoir
l'air d'entendre qu'il s'agissait de lui, que de
larges gouttes de sueur ruisselaient sur la table où il avait l'air de se préoccuper seulement du procès-verbal dont la rédaction lui
avait été confiée.

— A ton tour, Jean Lussand! continua
Constantin, quand se fût calmée l'hilarité
provoquée aux dépens de l'adjoint. Je vous

demande pardon, messieurs, pour ce petit
bonhomme âgé de onze ans, six mois, cinq
jours, trois heures et dix minutes, s'il se
présente le visage barbouillé et les pieds et
les mains, sentant le crottin de l'écurie. Pauvre petit ! il ne s'attendait pas à l'honneur
que vous lui faites, mais je vous le donne
pour le gaillard le plus entendu que je
connaisse, à mener les chevaux à l'abreu-
voir, à relever la paille d'une litière, et à
purger l'avoine dans le crible ; si Dieu lui
prête vie, il fera... un excellent palfrenier.
Allons, Jean Lussand, mets-toi en ligne, et
ne tourne pas ainsi dans la main ton bonnet
bleu rayé de rouge, comme si tu étais pris en
flagrant délit d'un vol de raisins.

Viens dans mes bras, Anaïs, et toi aussi Bruno, chers enfans de notre sœur ! orphelins
que nous avons adoptés, et à qui nous ne
demandons, en retour de notre fortune, dont
vous hériterez, qu'un peu d'amour, et notre
nom uni à celui que vous avez reçu de votre
père !... Ainsi, messieurs, voilà toute notre

ligne de bataille : un homme, deux petits
garçons, une femme, deux jeunes filles et une
petite nièce..... en tout sept individus! voilà
l'armée dont nous sommes les généraux et
les pères nourriciers... et que vous assiégez
avec trois-cents hommes, au moins, de toutes
armes.

Il se fit à ces mots, parmi les trois-cents
assiégeans, une sorte de silence commandé
par le sentiment d'inconvenance et de honte,
qui suit toute démarche dont on se promet-
tait une satisfaction haineuse et vengeresse,
et dont on ne retire qu'une mystification.

Le capitaine de gendarmerie, seul dans
cette nuée de sbires était rayonnant de joie.

— Mais ce n'est pas là tout votre monde,
se risqua à dire M. Lavaissière.

— C'est vrai! répliqua César, du bout du
salon, où il était nonchalemment assis, ayant
repris entre ses jambes son petit neveu avec
les cheveux duquel ses doigts se jouaient. —
C'est vrai, nous avons encore deux domestiques

mâles dans notre château de Boirac, com-
mune de Pellegrue; et vous le savez bien
M. Lavaissière. L'un d'eux, vieillard à cheveux
gris, s'est jeté un jour dans la Garonne pour
repêcher votre fils qui se noyait; et l'autre,
un vigoureux jeune homme, est resté estro-
pié du bras qu'il se cassa un jour en retenant
une charrette chargée qui allait verser sur
vous et vous écraser, M. l'adjoint au maire !

Lavaissière se frotta le visage, il étouffait;
car après avoir entendu toutes ces choses, il
était obligé encore de les coucher sur le procès-verbal; or, c'était sa honte et son ingrati-
tude qu'il enregistrait ainsi.

— Messieurs, dit le capitaine de gendarmerie, veuillez maintenant nous représenter
toutes les armes qui sont dans votre maison.

—Certainement, certainement, dit César, en
se levant d'un air fort gai; à l'œuvre Marguerite Riché, et toi aussi Anne Peytraud !
Jean Lussand, accompagne Anaïs et Bruno;
tous tant que vous êtes, vous porterez ici

tout ce que vous trouverez d'armes au gre-
nier, à la cave, ou dans nos chambres!

Les assiégeans s'entre regardaient comme
des gens qui s'aperçoivent qu'on s'est joué de
leur crédulité; Lavaissière se mordit les lèvres, et le capitaine Maury sourit en voyant à
quels singuliers gardiens étaient confiées les
armes d'une maison, dont l'opinion avait fait
une place de guerre.

—Ecrivez, monsieur dit à l'adjoint le capitaine de gendarmerie, qui avait toutes les
peines du monde à ne se point retirer en faisant des excuses.

1° Deux fusils doubles de chasse.

2° Huit fusils simples, également de chasse,
dont trois hors de service.

3° Un fusil de munition avec sa baïonnette.

4° Une carabine de chasse.

5° Deux gros pistolets de cuivre.

6° Une paire *idem* d'arçon.

7° Trois sabres pour la cavalerie légère.

8° Deux briquets d'infanterie, dont un sans fourreau.

9° Sept vieilles épées, dont cinq ne peuvent sortir du fourreau .

10 Sept piques, dont deux pour des drapeaux qui flottaient au-dessus de la grande porte de la maison, et sur la tourrelle du centre.

En ce moment, une voix, partie de l'un des groupes armés qui stationnaient dans la cour, devant les fenêtres, et bien connue des deux frères, se prit à crier :

— Où sont les pierriers et les canons enlevés à M. Verduran?

Cette demande fut aussitôt répétée avec menaces, et d'un ton qui exige l'obéissance, par toute la bande des gens armés.

Le capitaine Maury pâlit et jeta sur les deux frères, un regard où se peignait la plus vive anxiété...

Lavaissière continuait d'écrire; pour lui, il semblait qu'au-delà du procès-verbal, le monde n'existait pas.

—Ah! Diable, répliqua Constantin, qui avan-
çant vers la fenêtre et parlant à la foule, avait
reconnu la voix amie qui ne les accusait que
pour leur donner une occasion de triomphe.
Vous me demandez des pierriers et des canons, et pris à M. Verduran encore! Pour ce
qui est de cette dernière partie de votre question ma foi, je n'y comprends rien..... Mais
pour les pierriers et les canons qui sont dans
nos arsenaux, les voici... Place, messieurs!
dit-il aux gens qui encombraient la porte;
livrez passage à notre parc d'artillerie.

De toutes parts, en dépit de la solennité
de l'affaire, en dépit de la contrariété qu'en
éprouvait le plus grand nombre, un éclat de
rire strident et prolongé, se fit entendre, car
on vit arriver la jeune Anaïs et le petit Bruno
portant chacun dans leurs petits bras, quatre
canons montés sur leurs affuts.

— Ecrivez, monsieur, écrivez! cria le capitaine de gendarmerie qui ne se sentait pas
d'aise :

11° Huit canons, montés sur des affuts, très propres à faire du bruit dans les réjouissances de famille, et qui sont du calibre du petit doigt.

Soudain, il se fit une grande rumeur, dans le groupe d'où s'était élevée la voix qui avait demandé l'exibition des pierriers et des canons. C'était Tellier, qui, en habit de garde national, tenant à la main une des proclamations répandues le matin même dans La Réole par les affidés du curé Rousseau, s'évertuait à démontrer l'esprit de méchanceté et de calomnie, qui l'avait dictée. Pour cela, il était servi merveilleusement par cette ridicule saisie d'armes, qui, dans la proclamation était annoncée comme devant amener les preuves les plus complètes de l'hostilité flagrante des deux frères contre le gouvernement des Bourbons.

Se sentant, dans la foule armée, un appui, que la foule armée n'écoutait pas avec trop de défiance, le capitaine de gendarmerie se hâta de provoquer des réponses qui, selon lui, devaient infailliblement achever la réaction commencée en leur faveur.

—Messieurs, leur dit-il, il est de mon devoir de vous demander, et vous n'avez je pense nulle répugnance à me dire, pourquoi vous aviez chez vous toutes ces armes, et pourquoi la plupart ont été trouvées chargées.

—Votre question concerne-t-elle aussi les trois fusils de chasse hors de service, et les huit canons de notre artillerie? répliquèrent en souriant les deux frères.

—Ne riez pas avec cela, Messieurs! il y va gros jeu pour vous, vociféra enfin, l'adjoint Lavaissière, qui trouvait, par cette apostrophe, le moyen d'enfler son importance personnelle, en affectant une grande rigueur, et de se venger, par une sotte boutade de matamore en écharpe, des bonnes malices dont il était, depuis une heure, le très ridicule plastron.

Les deux frères se retournèrent vers lui à cette apostrophe inattendue, mais seulement avec l'air de gens qui veulent s'assurer de quel lieu part le bruit qui vient les interrompre. Puis, sans autrement s'en inquiéter, il se retournèrent vers le capitaine de gendarmerie, leur premier interlocuteur, tout en répondant à l'apostrophe de Lavaissière.

— Pardon, capitaine, si nous traitons ceci un peu plus gaiement que ne le voudraient les formalités solennelles avec lesquelles on nous poursuit. Mais que voulez-vous? nous sommes de ceux qui pensent comme Thomas Morus, qu'avec une bonne conscience on doit rire jusqu'à l'échafaud inclusivement. Pour ce qui est des fusils hors de service, nous n'avons rien à dire, si non qu'étant aussi détraqués que la conscience et la fortune de certaines personnes, M. Lavaissière vous prouvera qu'ils ne peuvent guère être dangereux que pour celui qui aurait la sottise de s'en servir.

— Attrape, M. l'adjoint ! cria une voix forte

et quelque peu brutale... C'était celle de
Jérôme Lanoir, le batelier, qui entouré de ses
quatre fils, grands gaillards aux épaules carrées, était venu lui aussi, à la faveur du nombre, et qui, long-temps muet, secondait de
son mieux la pantomime et les demi-mots
avec lesquels Tellier approuvait ou blâmait ce
qui se passait dans le salon des frères Faucher.

— Pour ce qui est de nos huit canons, reprit
César, je vous déclare franchement qu'ils ont
beaucoup servi; les plus vieux firent feu dans
la maison de mon père, en signe de réjouissance
durant toute la soirée du jour où l'on apprit,
les succès de Lafayette aux Etats-Unis, pour
la proclamation de l'indépendance américaine.
Les autres ont célébré chacune des grandes
victoires de la république, et même de l'empire, quoique nous fussions peu napoléonis-
tes ici; mais peu importait le nom de celui
qui gouvernait la France! c'était la France qui
triomphait, c'était à la France en définitive
que revenait la gloire de nos armes.

—Mais vous n'aviez pas besoin de huit canons pour cela! dit avec une mauvaise hu-
meur fort marquée, l'adjoint Lavaissière, qui
croyant embarrasser les deux frères par cette
sotte question, espérait prendre une revanche.

—Ma foi, monsieur! répliqua César, en ce
qui vous concerne, seulement, sans parler de la ville qui nous les faisait demander aux
mêmes fins, vous nous les avez si souvent
empruntés pour faire de l'enthousiasme,
quand arrivait un bulletin de victoire, ou le
jour de Saint-Napoléon, que force nous a été
d'en augmenter le nombre, pour diminuer
leur service.

Le pauvre adjoint, au milieu des éclats de
rire, retomba sans parole sous le coup de cet
argument, qui lui arrivait en plein visage;

—Maintenant, Monsieur, —reprit Constantin, en s'adressant au capitaine Maury,—au sujet des autres armes, dont le nombre n'est même
pas celui que des hommes de notre état doivent
raisonnablement avoir chez eux, je vous dé-

clare que nous les avons, dans le but de notre
défense personnelle. Si tout ceci pouvait aller
un jour plus loin que le ridicule, et arriver à
l'odieux, nous développerions alors dans toute
leur étendue les causes de ce que l'on peut appeler notre prise d'armes. Toutefois, nous ne
voulons pas renvoyer jusque là à dire, que
nous n'avons fermé les portes de notre maison, et que nous ne nous sommes mis en défense que le lundi 24 du présent mois. C'est le
jour où de prétendus gardes royaux à cheval,
poltrons en goguette venus de Bordeaux, ont
traversé la ville, suivis de paysans armés,
ameutés dans les arrondissemens voisins! c'est
le jour où s'élevèrent du milieu de cette bande
les cris : *à mort les généraux Faucher!* c'est le
même jour que ces *conidiotjori* se portèrent
avec violence sur la maison du sieur Albert,
désigné comme patriote, ou Bonapartiste, ou-
tragèrent sa femme et sa fille, saisirent son fils
qui fut roué de coups, et le cherchèrent lui,
en disant qu'ils le voulaient tuer! c'est ce

même jour encore, que cette troupe de pillards et d'égorgeurs excéda de mauvais trai-
temens le colon partiaire du sieur Vacquery,
et que, sous le prétexte de Bonapartisme, elle
frappa et outragea les dames Bousquet. Nous
vous déclarons en outre, que nous n'avons
accepté les secours des bons citoyens, que
lorsque nous avons vu sans réponse la lettre
dans laquelle nous demandions aide et protection à l'autorité municipale. M. Lavaissière
pourra expliquer la cause de ce refus tacite.

Lavaissière fit semblant de n'avoir pas entendu ou compris, pour ne pas répondre.
Il se fit questionneur à son tour.

—Pourriez-vous, Messieurs, leur dit-il, nous
donner les noms ou la désignation des personnes qui se sont réunis chez vous, pendant
les trois ou quatre jours qui viennent de s'é-
couler?

Simultanément les deux frères Faucher,
eurent à leur tour l'air de ne pas comprendre.
Mais Lavaissière prenant la dignité de ce si-

lence, pour l'embarras de la culpabilité, fit la sottise de renouveler ses questions, ce qu'il formula d'une manière plus pressante.

—Monsieur, s'écria César, nous ne nous appellons ni Lavaissière ni Peyrusse, nous! le jour où des amis se jettent avec nous dans un danger, nous pouvons bien avoir leurs noms dans la mémoire; mais le lendemain, nous ne les avons plus que dans le cœur.... Messieurs! nous n'avons personne à vous livrer ici.

A l'interpellation lancée par Lavaissière, un frémissement de joie, suivi ensuite du silence de l'attente, avait parcouru les groupes les plus exaltés de la foule en armes; mais à la réponse ferme et digne des deux frères, d'autres groupes firent entendre ses murmures flatteurs auxquels se mêlèrent quelques rires de moquerie, pour le désappointement des exaltés qui déjà, sur les dénonciations provoquées, fondaient l'espoir de persécutions nouvelles.

Le procès-verbal de cette visite domiciliaire, vu et signé de toutes parties suivant l'usage,

il s'éleva entre le capitaine Maury et l'adjoint
Lavaissière, une contestation à voix basse. Ils,
n'étaient pas d'accord sur le point de savoir si
le mandat d'amener, dont ils étaient porteurs,
devait immédiatement être mis à exécution. Le
capitaine de gendarmerie déclara, que, vu la
saisie quelque peu ridicule qui avait été opé-
rée, il lui paraissait urgent de recevoir de
nouveaux ordres. Cet avis prévalut ou plutôt
fut emporté de vive force par le capitaine
qui, s'emparant du procès-verbal, demanda
si quelque garde national de service voulait
se charger de le porter au procureur du roi,
et de rapporter la réponse.

Soit prévision, soit zèle officieux, Tellier qui,
du milieu de la cour, était parvenu à pénétrer
dans le salon, se présenta pour ce message.
On le lui confia, et il partit, non sans avoir
jeté un regard d'intelligence aux deux frères,
qui avaient manifesté quelque surprise de
voir là, en habit de garde national, celui que

quelques jours auparavant ils avaient accueilli à un tout autre titre, et pour une
toute autre besogne.

XV.

FRANÇOIS RICHON.

———

Quelque hâte qu'il eût bonne envie d'y
mettre, Tellier eut toutes les peines du monde à
franchir la foule compacte et qui, animée par
la curiosité, par la haine, ou par l'ivresse,
encombrait les alentours de la maison inves-
tie. Il était arrêté par celui-ci, pressé de questions par celui-là; il donnait un démenti aux

uns, de bonnes espérances aux autres; il riait
au nez de ceux qui, par méchanceté ou poltronnerie, sur la foi de la proclamation répandue par le curé Rousseau, affirmaient que les
frères Faucher avaient dans leur maison de
quoi faire sauter la ville, et fusiller ou mitrail-
ler tous les habitans. Il lança même une
gourmade, qu'il faillit payer cher, dans la
poitrine d'un émissaire des royalistes, qui
échauffait la peur ou l'exaltation du peuple.
Cet homme, renversé du coup, se releva
un couteau à la main; heureusement pour
Tellier, qu'entre lui et cet homme, la foule en
se refermant, avait mis une épaisse barrière.

Enfin Tellier arriva chez le procureur du
roi Dumoulin. Il le trouva avec le curé de
Saint-Michel, au milieu d'une grande réunion
des royalistes du pays, accourus sans doute,
pour se réjouir en masse du bon succès
qu'ils attendaient des premières poursuites
dirigées contre les jumeaux. Toutefois, comme
si l'instinct de sa haine lui eût révélé, que

pour arriver à ses fins, les emportemens de
l'esprit de parti pourraient ne point suffire,
le prêtre Rousseau avait excité, à un haut de-
gré, les ressentimens personnels. Il avait le
matin même, envoyé à leur adresse, les copies des épigrammes, madrigaux et chansons
d'amour qu'il avait fait prendre par Tellier,
sur le manuscrit des poésies des deux frères.
De la sorte, chacun des personnages, là présent, était arrivé avec une bonne blessure à
l'endroit de sa suffisance et de son orgueil, et
même de sa susceptibilité conjugale.

Bien assuré que cette personnalité ne man-
querait pas d'agir en sous-œuvre, et qu'elle
ne demanderait pas mieux, pour se faire jour,
que de se prendre à une question générale,
le curé de Saint-Michel s'était hâté de faire
naître cette question, qui allait avoir l'avantage
d'attirer sur un point avoué de tous, les ressentimens particuliers que chacun tenait cachés soigneusement au fond du cœur. Aussi,
aurait-on peine à se dépeindre quelles rouges

colères, quelles plaintes, quelles menaces,
avaient accueilli des vers, assez inoffensifs,
dont le curé de Saint-Michel venait de donner
lecture. Il est vrai qu'il en avait accompagné les hémistiches, du commentaire qui pouvait leur donner l'air d'une attaque directe
à chaque individualité des membres de ce
cénacle royaliste :

> J'entendais des gens à tonsure,
> Des hobereaux de mince allure,
> Et d'honnêtes petits bourgeois
> Traiter de démence royale
> La Charte assez peu libérale
> Qui nous octroye un brin de droits.
> Ils s'écriaient tous à la fois :
> Peste soit des Chambres en France!
> C'est du roi seul, de sa puissance,
> Et de son infaillibilité
> Qui lui vient des droits de sa race,
> Qu'il faut tenir comme une grace
> Nos lois et notre liberté !

— Eh , là, là, noblesse et prêtraille ,
Leur ai-je dit! la valetaille
Ne souffle mot au jeu du roi.
Or, avec ma belle patrie ,
Votre roi joue, et sur ma foi
Il joue assez bien sa partie :
Paix donc ! Bon valet, croyez-moi ,
Ne va pas plus loin que le maître :
Aucun de vous ne doit donc être
Plus royaliste que le roi.

Au premier coup d'œil jeté sur tous ces visages renversés par le dépit, Tellier comprit
ce que les frères Faucher pouvaient attendre
de gens dont ils avaient assimilé l'esprit de parti
à l'esprit valet; mais, en même temps, ce dont
il venait d'être le témoin le rassurait sur l'issue de sa démarche.—Quelqu'aveugle que soit
la colère, pensait-il, elle peut bien être cruelle,
mais elle ne va pas jusqu'à s'affubler du ridicule !

Il se trompait; une colère aristocratique
quelque peu mélangée de bourgeoisie, et de

province encore! va jusque là. Qui ne peut
se hausser à la colère du lion, se démène dans
la colère du singe.

Certainement, à la première lecture du procès-verbal apporté par Tellier, il y eut un
singulier mécompte, et ces gens là se regar-
dèrent les uns les autres, d'un air fort penaud. Domptés par la conscience de leur situation ridicule, il ne vint tout d'abord, à
aucun d'eux, l'idée qu'il y eût possibilité de
l'affronter publiquement. Mais le dépit de voir
échapper des ennemis qui leur glissaient
entre les mains, grandit peu à peu; et bientôt, amenant le besoin d'une vengeance à tout
prix, il fit disparaître à leurs yeux tout ce qui
pourrait s'attacher de lâchement ridicule aux
moyens mis en œuvre.

Jean-Jacques Dumoulin seul hésitait encore. C'était sur lui qu'en définitive, à
cause de sa qualité de procureur du roi, allait retomber, aux yeux du public et du
gouvernement, la responsabilité de la mesure

odieuse et ridicule qui lui était demandée avec instance par ses amis, lesquels n'avaient pourtant qu'à venger des piqûres d'épingles dont les deux frères avaient tatoué leur épiderme. Or la conscience de tout ce qu'il y avait là d'odieux et de ridicule, devait crier bien haut en lui, puisqu'elle le poussait à laisser échapper la seule occasion qui lui fût offerte, de perdre, ou tout au moins d'humilier deux hommes qui avaient marqué, d'un affront irréparable, sa famille au visage.

Avec l'instinct de sa haine de prêtre, avec son habileté à lire dans les cœurs, et surtout avec la ferme connaissance qu'il avait du caractère irrésolu et couard du procureur du roi, le curé de Saint-Michel lut tout de suite au fond des véritables motifs qui, dans l'âme du magistrat, établissaient une lutte entre une bonne envie de vengeance et la crainte d'une responsabilité, sinon aux yeux des hommes, du moins par devant Dieu.

— Ah! par tous les saints du Paradis, vous

voilà bien embarrassé, mon cher Dumoulin,
lui dit-il? de quoi aussi, vous allez-vous cha-
griner, s'il y a ou non, plus ou moins, matière à un mandat d'arrêt? est-ce que le plus
ou le moins vous regarde, vous? qu'est-ce que
vous êtes? un procureur du roi; eh bien, le
procureur du roi ne peut faire acte de juge;
c'est pourtant ce que vous faites. En décidant
de votre autorité privée, qu'il n'y a pas lieu à
poursuivre, vous empiétez sur les droits du
tribunal qui, seul, a le droit de renvoyer ab-
sous! Mais mon cher ami, ce serait un pouvoir exorbitant, que celui du procureur du
roi, s'il pouvait à lui tout seul, décider qu'il y
a, ou non, lieu à ordonner des poursuites. Il
pourrait à chaque instant, lier les mains d'un
tribunal, qui ne peut juger que lorsqu'il a
été saisi , et qui ne peut être saisi que par
le procureur du roi. Les plus grands crimes,
mon ami, pourraient, à ce compte, rester im-
punis, du moment qu'un procureur du roi aurait la faculté de faire usage de cette omnipo-

tence, soit par crainte, soit par ignorance
crasse, soit par considérations personnelles, soit
par déni de justice. Oh! oh! c'est une économie
à introduire dans les budjets des ministres de
la justice; il n'est plus besoin ni de juges d'instruction, ni de juges sur le siége : messieurs
les procureurs du roi se chargent, à eux seuls,
de toute cette besogne!!... Allons, allons, Dumoulin, votre conduite menerait à l'absurde;
je respecte en vous ce scrupule qui fait hésiter
votre main ; signez en gémissant , si vous voulez;.., mais signez !

—M. le curé est dans le vrai, interrrompit un
sieur François Richon, juge d'instruction près
le tribunal civil de La Réole. Un homme sans
énergie, un bigot ridicule, arriéré de deux
siècles, et tournant toujours la tête, prêtant
l'oreille au moindre vent de confessionale et de
sacristie. Le prêtre Rousseau savait bien ce
qu'il avait fait, en entraînant le matin ce dévotieux personnage à l'assemblée tenue chez le
fluctuant procureur du roi. —Oui, M. le curé

est dans le vrai, mon cher confrère. Eh sainte
Vierge, que veut la loi pour un mandat d'a-
mener? qu'il y ait des indices suffisans. Or, ici,
en m'en tenant même aux dires du procès-verbal, les indices ne manquent pas, mon doux
Jésus! En effet, de quoi les frères Faucher
sont-ils accusés? d'avoir recelé des armes chez
eux. Quel a été le but de la visite domiciliaire
faite dans leur maison? de rechercher ces armes. Les a-t-on trouvées? Ah bon Sauveur!
que trop; car les gens de jutice ont saisi des
épées, des sabres, des fusils, des canons...

— Mais, reprit avec vivacité le procureur du
roi, qui voyait bien qu'on allait lui faire avec
des paradoxes, pour pressurer sa conscience
de magistrat, un étau de son prétendu mauvais vouloir d'homme de parti, — mais lisez
aussi quelle peinture le procès-verbal fait de
ces sabres, de ces fusils, de ces canons.... en
vérité vous voulez qu'on vous rie au nez.

—Et on n'y manquera pas! murmura Tel-

lier, dont tous ces méchans discours échauffaient la bile.

—Attendez qu'on vous demande votre avis,
répliqua sèchement le prêtre Rousseau.

— Ma foi, curé, riposta Tellier, sans se dé-
concerter, vous savez que j'ai l'habitude d'aller au-devant de ceux qui peuvent avoir besoin des services de ma tête, de ma langue ou
de mon bras ; or, comme vous me faites tous
ici, l'effet d'être fous, ou à peu près, et que les
fous ne sont jamais les premiers à demander
qu'on leur donne des douches, je venais de
moi-même vous offrir, en guise de douches
réfrigérentes, la perspective du ridicule qui
vous attend.

Les vingt ou trente royalistes qui étaient là,
eurent bien quelque envie de se fâcher de cette
liberté de langage ; mais, quand ils comparè-
rent leur tête branlante et poudrée, leurs yeux
éraillés, leurs genoux cagneux, leur bras
amaigris et leur dos voûté, avec la tête haute,
le visage brun, les jarrêts fermes, le corps

droit, les bras nerveux du jeune compagnon
qui était au milieu d'eux, et que rendait encore
fort respectable un sabre d'infanterie, sur lequel il appuyait son poignet vigoureux, ces mes-
rieurs, quel que fût leur avantage du nombre,
trouvèrent probablement que leur dignité et
l'intérêt de la bonne cause ne leur permet-
taient pas de se commettre de la sorte. Ils imi-
taient en cela le grand roi, le parangon de l'or-
gueuil monarchique qui, au passage du Rhin,

Se plaint de la grandeur qui l'enchaîne au rivage.

— Eh! sainte et bonne Vierge, se hâta de dire
M. François Richon, le plus trembleur entre
tous ces trembleurs, enchanté de ramener
la discussion au point où Tellier l'avait interrompue; — je sais bien ce que le procès-
verbal dit de ces armes; mais d'abord les
avez-vous vues vous-même? pouvez-vous ap-
précier l'exactitude du tableau qu'on en a fait?
et sous peine d'agir à la légère, pouvez-vous
ne point ordonner qu'on vous les représente?

et puis cette saisie, cette représentation une fois
faites, ne faut-il point que MM. Faucher soient
là présens, afin qu'ils déclarent s'ils recon-
naissent ou non ces armes pour leur apparte-
nir, et pour être bien celles qui ont été saisies
chez eux ? C'est le seul moyen que vous ayiez,
mon très cher et très honoré confrère, de décider en connaissance de cause, et sur pièces
de conviction, comme il convient à un bon
procureur du roi.

— C'est parfaitement raisonné, M. Richon,
cria le curé de Saint-Michel, et il me semble
que M. le procureur du roi, sous peine d'as-
sumer sur lui des soupçons de partialité en
faveur de gens que la voix publique accuse,
ne peut s'empêcher de lancer contre eux un
mandat d'amener.

Un chorus général d'approbation se fit entendre.

— Mais, Messieurs, vous n'y pensez pas,
dit encore le pauvre procureur du roi, se dé-
battant de son mieux contre l'astuce et la vio-

lence qui l'attiraient — crapaud qui allait tomber dans la gueule du serpent; —non, vous n'y pensez pas. A quoi servira ce mandat d'amener? à rendre notre confusion plus patente, et à démontrer d'avantage l'impuissance de notre haine, voilà tout. Non, mille fois non ; si ce procès-verbal dit la vérité, je ne peux pas retenir les frères Faucher cinq minutes encore après les avoir entendus, et les avoir confrontés avec les armes trouvées chez eux.....

— Ah ! patience, mon excellent ami, répondit le curé; cela ne vous regardera plus, si vous voulez bien le permettre. Comme il est juste que chacun paie ici de sa personne, ce sera notre digne M. Richon qui se chargera de cette confrontation ; et, suivant ce que lui diront ses lumières et sa conscience, il annulera le mandat d'amener, ou le changera en mandat d'arrêt.

— Certainement c'est là mon affaire, dit le juge d'instruction, et si Jean-Jacques Dumoulin lance le mandat d'amener, François

Richon se chargera du mandat d'arrêt, et même du mandat de dépôt, s'il y a lieu.

— On ne peut, j'espère, se montrer de meilleure composition, dit Tellier, et voilà une justice parfaitement distribuée! Chacun sa partie.

— Voyons, Dumoulin, dit le curé de St-Michel, en mettant sous les yeux du procureur du roi une feuille de papier et de l'encre, donnez-nous un mandat d'amener, quoi que ce soit enfin, qui force les frères Faucher à sortir de leur maison..... Là, nous ne demandons que cela! Mettez-les une fois entre les mains de la force armée, nous nous chargerons, nous, de les y faire demeurer. Un procès! mon cher, on sait bien comment il commence...... Dieu seul sait comment il finit! Donnez le commencement, je me charge de la fin.

Harcelé, vaincu, le procureur du roi écrivit :

« Monsieur le Capitaine de gendarmerie,

« Le bruit public m'informe que, par suite
« de la visite à laquelle vous procédez chez
« les frères Faucher, vous avez trouvé plu-
« sieurs fusils, épées, sabres et pierriers ; si ce
« fait est vrai, il me paraît constituer le crime
« prévu par l'article 93 du code pénal.

« En conséquence, et procédant en vertu
« des articles 45 et 51 du code criminel, j'ai
« l'honneur de vous requérir de faire sai-
« sir les armes et autres pièces à conviction
« trouvées chez ces Messieurs, et de les tra-
« duire dans la prison de la ville de La Réole,
« pour y être retenus sous la main de la jus-
« tice, en état de mandat d'amener.

« J'ai l'honneur de vous saluer.

« Le procureur du roi,

« J. J. DUMOULIN ».

Tenez, Messieurs, voilà l'ordre expédié, dit en se levant le procureur du roi ; j'ai mis *informé par le bruit public*, car, franchement, j'aurais honte de dire que c'est après avoir lu le procès-verbal. On ne pourra du moins s'en prendre qu'au bruit public dont les exagérations serviront d'excuse....

— Bah ! un jour vient où toute vérité se découvre et se dit hautement, murmura Tellier, en prenant des mains du prêtre la lettre qu'il devait rapporter au capitaine Maury.

— Triste chose, mon cher, lui répliqua le curé de St.-Michel, qui le poussait doucement vers la porte ; oui, triste chose que la vérité quand elle n'arrive que sur un tombeau.

Tellier était parti sans répondre.

— Allons ! dit le curé de St.-Michel, en se retournant vers le procureur du roi et le juge d'instruction, devenus pensifs, ne soyez pas tristes ainsi ; vous en avez fait plus sans doute qu'il ne sera désormais besoin que vous en fassiez.

— Comment cela? reprit vivement François Richon, qui, en perdant une occasion de montrer son zèle, voyait s'éloigner la présidence du tribunal qu'il convoitait, et que le curé lui avait promise le matin même, s'il parvenait à obtenir, ou s'il ordonnait lui-même l'arrestation des deux frères.

— Comment cela, mon estimable magistrat? Parce que, prévoyant bien que toute cette affaire allait traîner en longueur (et vous voyez que cela ne commence pas mal); pensant bien aussi que nous pourrions trouver des gens du roi, ou des magistrats timides et scrupuleux, qui veulent appliquer à des temps exceptionnels, la justice des temps ordinaires (et vous voyez qu'il s'en trouve), j'ai songé qu'il serait très heureux que le courroux du peuple intervînt dans tout ceci, et que la justice expéditive nous délivrât de tout embarras ultérieur.

—Comment, vous voulez les faire assassiner?

— Moi? je ne veux rien du tout. Mais en

venant ici, j'ai trouvé le peuple dans un tel
état d'exaspération qu'il m'est venu à l'idée
que le peuple était un fort bon exécuteur de
mandats d'amener, et que le lit de la Garonne
pourrait bien lui sembler une prison plus sûre
que la prison de la ville.

— J'espère bien qu'il n'en sera rien.

— Oui, vous aimez mieux la besogne que
fait le bourreau! Essayons d'abord de celle du
peuple : si celle-là manque, l'autre viendra,
pourvu que Dieu consente à rester neutre.

—Dieu n'a rien à refuser à un saint homme
comme vous, dit François Richon.

— Le roi encore moins, reprit le curé, en
serrant la main du juge, qui s'inclina benoî-
tement, et murmura avec componction un
dévotieux : *Ainsi soit-il.*

XVI.

L'ESCORTE.

———

La besogne du peuple fit défaut aux royalistes de La Réole. Ce n'est pourtant pas, il faut
le dire, la bonne volonté, mais bien le courage qui lui manqua. On eut beau, après leur
arrestation, et à travers la foule ameutée, promener les deux frères de Caïphe à Pilate, et
les renvoyer de Pilate à Caïphe, de Jean Jac-
ques Dumoulin à François Richon, et du juge

d'instruction au procureur du roi, sous le prétexte de les interroger, et de leur faire reconnaître la vérité des faits contenus au procès-
verbal de la saisie d'armes, mais en réalité
avec l'espérance que, dans toutes ces allées et
venues, les deux frères, ou l'un des deux au
moins, laisserait un bras, une jambe, un œil,
un pan d'habit, sinon la vie.... Les deux
frères entrèrent dans la prison, sains et saufs
de corps, sinon de provocations et d'injures.

C'est qu'informé par Tellier, des dispositions dont le peuple s'était laissé animer, par
les calomnies et le vin que lui avaient prodi-
gués depuis le matin les émissaires des royalistes du pays, le capitaine Maury, n'avait pas
voulu que la troupe assistât l'arme au bras,
au massacre de gens dont la garde lui avait été
confiée. C'est que Tellier, aidé du patron Jérôme Lanoir, flanqué de ses matelots, venait
après la gendarmerie qui chassait la foule en
tête, et, sur ses ailes, il formait une arrière-garde
très respectable, qui d'une bourrade en plein

visage, achevait de culbuter les récalcitrans,
que la force armée, en passant, s'était conten-
tée de maintenir.

La réaction royaliste, furieuse de voir ainsi
lui échapper ses victimes, voulut s'en dédoma-
ger en égratignant avec des piqûres d'épingles,
ceux qu'elle n'avait pu tuer à coup de couteau. Elle chercha à faire un enfer de cette
prison maudite, que les deux frères pouvaient
accepter comme un bienfait, comme un port
assuré après la tempête. Tout ce que l'esprit
de geôle et de police, déjà fort ingénieux en
ce temps, et si perfectionné aujourd'hui,
peut inventer de petites tracasseries, de pri-
vations stupides, de refus insolens, d'investi-
gations brutales, fut mis en usage avec le raf-
finement le plus recherché. Les frères Faucher
avaient des amis qui s'interressaient à eux,
ils ne purent pas les voir! ils avaient des domestiques qui les regardaient comme leurs
bienfaiteurs, plus encore que comme leurs
maîtres, ils n'en purent recevoir ni soins,

ni services! ils avaient des affaires commer-
ciales et privées à mettre en ordre, et que
pouvaient compromettre les moindres né-
gligences, il ne purent en causer avec qui
que ce fût! leur petite nièce, leur petit neveu, ces deux enfans qui charmaient autrefois leur solitude, venaient en pleurant demander à les voir, ils savaient que ces deux enfans
voulaient leur souhaiter la bien-venue; mais les
pauvres enfans ne pouvaient ni les voir pour
les embrasser, ni leur parler pour les consoler! En revanche ils entendaient la voix insolente du geôlier ou du factionnaire, qui
repoussait brutalement les pauvres petits orphelins, et les effrayait sur les dangers qui menaçaient leurs grands-oncles! ils entendaient
les hurlemens joyeux de la foule, qui groupée
à toute heure autour de leur prison, vocifé-
rait des menaces de mort et des chants royalistes. Tout cela, il est vrai, pouvait faire souffrir,
et causer des surexcitations de dépit ou de colère... mais cela ne tuait pas! Ensuite, pour peu

qu'il y eût dans l'âme des prisonniers, comme
il convenait que cela fut, plus de pitié, et de
mépris que de courroux, pour ces mesquines vengeances, il faut convenir que la réaction royaliste de La Réole avait manqué son
but.

La réaction le comprit, car elle n'eut point
de cesse qu'elle ne se fût créé de nouveau une
occasion de se débarrasser des frères Faucher,
autrement que par les formalités judiciaires,
dont l'issue, en bonne conscience, lui semblait
plus que problématique. Elle aurait cherché
long-temps, sans le curé de Saint-Michel qui
lui vint en aide. Ce prêtre haineux avait
presque fini par se faire un point d'honneur
du succès de cette affaire. Il n'en voulait pas
avoir le démenti ; et il intrigua tant et si bien,
il souleva, dans tout le département de la Gironde, tant de faux intérêts d'amour-propre
ou de parti, tant d'ambitions de gloriole ou
d'argent, qu'un beau jour il arriva à La Réole,
avec une lettre du procureur général près la

cour royale. Ce magistrat donnait l'ordre de conduire *sans délai*, à Bordeaux, les deux frères, pour y être mis à sa disposition.

— Bordeaux fera ce que La Réole n'a pas osé faire, criait le curé de Saint-Michel, en pleine place publique de La Réole.

Cette nouvelle était une trop bonne aubaine pour que les chefs du parti, endoctrinés par Rousseau, ne l'eussent pas répandue au plus vîte dans la portion turbulente de la population bordelaise, sur laquelle il comptait pour un coup de main. La population turbulente ne se le fit pas dire deux fois. Les têtes s'échauffèrent, on fit des projets à perte de vue. Plus d'une partie fut liée et rompue, et liée encore; mais, comme il arrive toujours, les masses allèrent plus loin ou plus vîte qu'il ne fallait, et qu'on n'eût voulu sans doute.

Les mots *sans délai* ayant donné à entendre que les deux prisonniers seraient amenés sur-le-champ en voiture, un attroupement de cinq ou six cents personnes, ramassées dans tous les points de la ville, se porta sur le chemin du Bouscaut; et comme ce chemin se divise en deux branches, l'attroupement s'enfourcha sur les deux directions, de manière à ne pas manquer les prisonniers.

Des volontaires royaux en uniforme, ayant parlé, avec jactance, le soir, à l'état-major, de l'infaillibilité de ce moyen, l'état-major où se trouvaient de vieux militaires, peu accoutumés à méditer des assassinats, expédia aussitôt des ordonnances sur le chemin de Langon, pour donner avis à la gendarmerie de cette tentative, et charger en même temps le commandant de l'escorte de changer de route.

Ces honorables précautions étaient à peu près inutiles; car, averti de son côté par les fanfaronnades échappées aux royalistes de La Réole, que ceux de Bordeaux avaient prévenus de leurs intentions, le capitaine de gendarmerie avait mis en réquisition, pour transporter les prisonniers, le bateau de Jérôme Lanoir, qui lui avait été signalé par Tellier, comme un homme

sur lequel on pouvait compter de tous points.
Ces préparatifs, toutefois, ne purent tellement
rester secrets, que le bruit n'en vint au sous-
préfet, au procureur du roi, à François Richon, et surtout au curé de Saint-Michel. Grand
fut leur émoi! grand fut l'empêchement qu'ils
voulurent mettre à ce mode de transport!
Mais, ni sous-préfet, ni procureur du roi n'o-
sèrent, comme le demandait le capitaine de
gendarmerie, ordonner par écrit que le
voyage ne serait fait qu'en voiture. Force fut
donc de laisser le commandant de l'escorte
voyager par le chemin qui lui semblerait le
plus favorable à l'accomplissement de sa mission. Tout ce que Rousseau put obtenir, ce
fut qu'un détachement de dix gardes nationaux de La Réole, serait adjoint à l'escorte
composée de six gendarmes et d'un maréchal
des-logis. Le capitaine de gendarmerie voyait
bien ce que la réaction espérait de ce renfort
de dix gardes nationaux, qu'on était allé recruter dans la portion la plus abjecte de la

population laréolaise; mais outre qu'il comptait sur la vigueur de ses gendarmes, il croyait savoir que parmi les matelots du bateau, les frères Faucher pouvaient compter sur des amis déterminés.

Tant de précautions néanmoins faillirent échouer. Le soir même, aussitôt que le départ des frères Faucher fut décidé, le curé Rousseau monta à cheval, sans se soucier de tout ce qu'il pourrait lui en cuire, et de tout ce qu'il y avait de ridicule dans l'accoutrement d'un homme qui courait la poste à franc étrier, en culotte courte, en escarpin, en tricorne, et en longue soutane. Il se rendit à Bordeaux, pour donner l'avis que les frères Faucher débarqueraient le matin même aux Salinières. Heureusement qu'en partant, il avait mis dans la confidence les dix gardes nationaux de l'escorte. Plus heureusement encore, que tout en causant avec les matelots, les gardes nationaux qui avaient

puisé une bonne dose d'indiscrétion dans
force brocs de vin, ingurgités pour char-
mer les ennuis du voyage, ne se firent nullement prier, pour divulguer le secret de leur
parti. Les matelots et Lanoir lui-même n'eurent en aucune façon l'air d'en prendre
souci; mais quand les dix gardes nationaux se
furent sourdement endormis dans les fumées
du vin, Tellier, avec cinq ou six compagnons,
sortit de la cabine du bateau, et s'empara de
leurs armes; après quoi ils s'allèrent mettre en
ligne, à l'avant et à l'arrière du bateau, aux
grands éclats de rire des gendarmes surpris
de voir arriver ce renfort inattendu. Ce rire,
accompagné de joyeux quolibets, éveilla le res-
tant de l'escorte. Le maréchal-des-logis Bensfield
profita de ce moment pour donner l'ordre de
faire arrêter le bateau au port de Brienne, une
demi-lieue avant Bordeaux, au lieu d'arriver
aux Salinières. Le sergent des gardes nationaux se récria, dit qu'il commandait aussi

qu'il avait ses instructions, et que bien certainement on irait aux Salinières, ou bien qu'on
aurait à faire à lui et à sa troupe. Pour toute
réponse, les éclats de rire redoublèrent, sur
l'avant et à l'arrière du bateau. Messieurs
les gardes nationaux ne furent pas peu surpris quand ils virent ainsi augmenté le nombre des matelots et des passagers; plus éton-
nés encore quand ils les virent en armes!
Leur étonnement devint une sorte de stupeur poltronne fort comique, au moment
où, faisant mine de sauter sur leurs armes,
pour appuyer leurs prétentions, ils s'aperçurent qu'elles étaient passées en d'autres
mains, et que c'étaient elles qui, au besoin,
serviraient à obtenir leur obéissance. Ils bais-
sèrent humblement la tête, comme des re-
nards pris au piége; et le jour étant venu,
le bateau mouilla au port de Brienne. Ce qu'ils
n'avaient pas pu arracher alors par la force,
ils espérèrent l'obtenir par la ruse. Comme
des gens qui ont su prendre leur parti d'une

position forcée, ces petits messieurs affectèrent de porter subitement aux deux frères un
très vif intérêt; ils voulurent envoyer quelques-
uns des leurs dans la ville, afin, disaient-ils,
de chercher une voiture pour *ces bons mes-*
sieurs Faucher...

Mais leur tendre compassion, ne fit pas
plus fortune que leur ton de commandement;
et pour éviter même toute escapade, les matelots armés formèrent un cercle, au milieu du
quel ils les forcèrent d'entrer. Un fils de Jérôme
Lanoir courut à Bordeaux chercher un carosse,
et dès qu'il fut venu, le maréchal-des-logis ordonna de prendre la rue Saint-Jean, pour arriver au fort du Hâ, sans traverser la ville.

Quelque surveillance qui fut exercée, il y
eut un moment de relâchement de la part des
matelots. Ce fut le moment des adieux, des
embrassemens et des serremens de main; car
les frères Faucher ne voulurent pas monter
dans la voiture, sans avoir cordialement remer-
cié les braves compatriotes qui s'étaient fait

leurs compagnons de route, pour veiller à
leur sûreté, et déjouer, par les armes, s'il
eut fallu, les complots des misérables, dont
on avait formé leur escorte. Un garde national profita de ce moment d'expension
pour se glisser dans les halliers qui bordent
la Garonne; et, quand la voiture fut partie au grand trot, on le vit, au bout de trente
ou quarante pas, sortir de sa cachette, et s'é-
lancer en laquais derrière la voiture; sans
doute, pour annoncer de loin, que c'était bien
là les prisonniers attendus par les attroupe-
mens.

Tellier n'eut pas plutôt signalé ce manége à
ses compagnons, que les quatre fils de Jérôme
Lanoir, gaillards aussi bien découplés que les-
tes et vigoureux, se mirent à courir à toutes
jambes après la voiture, que firent arrêter
bientôt les gendarmes et les frères Faucher,
avertis par les cris qui les poursuivaient. Le
garde national sauta vite par terre, mais pas
assez vite pour qu'il ne fut saisi, avant de

s'être jeté de nouveau dans les halliers. On lui lia les mains derrière le dos, et il fut reconduit par Tellier, à grands coups de baguette de fusil, jusqu'au bateau, où on força ses camarades et lui à se rembarquer sans armes.

———

XVII.

AU FORT DU HA.

Ce que les frères Faucher, dans les prisons
de La Réole, avait eu à subir de vexations
mesquines et hargneuses, proportionnées à
la taille des hommes de parti dans les petites
localités, n'est rien auprès de ce que la réaction bordelaise de 1815, opérant sur une plus
grande échelle, leur fit subir de tortures dans
le fort du Hâ. Mais, ici, le romancier doit, un

instant, suspendre son œuvre, et s'effacer pour
laisser arriver l'histoire ; l'histoire écrite par
ceux-là même qui y ont figuré comme victimes, et qui, entre quatre murailles, s'arran-
geaient pour mourir debout et la tête haute!
Nul n'a le droit de toucher à cette poignée de
boue et de sang, que les martyrs ont pétrie
dans leurs cabanons, pour la jeter avant de
mourir, à la face des hommes et d'une époque de boue et de sang.

Voici donc *les lettres* et *le journal* où les
deux frères ont consigné leurs humiliations,
leurs tortures, leurs résignations et leurs saintes colères. Que chacun des tortionnaires du
pouvoir, né de la Restauration de 1815, y
prenne sa part des malédictions qu'il mérita!
Que les tortionnaires du pouvoir, né de la
révolution de 1830, apprennent par là qu'à eux
aussi leur tour viendra, d'être un jour attachés au carcan de l'histoire pour y être flétris,
comme sont flétris, à cette heure, les hommes
qui les ont devancés dans le stupide dévoue-

ment d'accusateurs, de geôliers, de juges et
de bourreaux.

I.

« A M. Rateau, procureur général,

« Nous arrivons au fort du Hâ, d'après une ordonnance signée de vous. On nous a placés avec
les condamnés : nous en avons trois dans notre
chambre. On se refuse à nous mettre dans
toute autre section, et le geôlier nous dit :
que telle est votre volonté.

« Sans rien préjuger sur la nature et sur
le résultat des actes qui nous ont conduits ici,
il est au moins une chose certaine et avérée,
c'est que nous n'avons pas encore été jugés.
Ainsi la section des condamnés ne peut être
la nôtre, à moins, qu'en nous flétrissant d'a-
vance de ce titre, on ne veuille rendre notre
acquittement impossible, et tracer d'avance la
conduite que les juges doivent tenir pour
plaire au pouvoir. »

Cette lettre resta sans réponse.

II.

« A M. Rateau, procureur général,

« Aujourd'hui 8 août, des condamnés nous ont porté en tumulte la lettre qui suit :

« Messieurs,

« Au nom de tous les détenus de cette prison, il vous est enjoint, et vous êtes tenus de payer votre bien-venue, comme étant entrés nouvellement dans cette demeure. Les lois de la prison étant telles, vous n'ignorez pas qu'il faut se conformer aux lois du plus fort.

« Par M. le président,

« BOCHARDON, MACDONALD.

Les membres :

« BELGY, DUTERTRE, RICHET, LACROIX, GROS.

« L'orateur de la troupe, à qui nous avons dit que nous allions nous plaindre à vous de cette insolence, nous a répondu : *nous tous prisonniers, vous en ferons voir.*

« Le concierge a fait venir devant nous ces chefs de complot. Bochardon lui a répondu : c'est la garde qui nous a dit d'agir ainsi ; venez, je vous le ferai dire par les gardes eux-mêmes.

« De fait, une somme d'argent avait été donnée à ces coquins par les officiers du poste... Se voyant découverts, ceux-ci en ont été quittes pour dire que, s'ils avaient distribué de l'argent aux condamnés, c'était charité pure... Voyez-vous les bonnes âmes! mais ce n'est pas tout.

« Il existe, dans une muraille latérale de la cour des condamnés, une ouverture fortement grillagée de fer, qui permet les communications avec la grande cour, où sont la garde nationale et ceux des détenus à qui on accorde la faveur de s'y promener.

« Il est d'usage constant que, dans cette cour des condamnés, tant que le jour dure, il n'y a ni sentinelle militaire, ni factionnaire de la geôle. Cependant, voilà que le concierge nous témoigne à l'instant son éton-

nement de voir dans notre cour un factionnaire, quand il ne pourrait y en avoir un que
par son ordre. Il a dit qu'il le ferait lever.
Cependant les portes viennent d'être fermées,
et la sentinelle est encore dans la cour. Il est
remarquable que bien des fois déjà, ce factionnaire a été relevé sans caporal, que même,
à de très courts intervalles, des gardes nationaux sont venus prendre successivement
son arme pour se mettre à sa place. Vous
n'apprendrez pas non plus, sans que votre
défiance soit éveillée, comme la nôtre l'a été,
que ces factionnaires successifs, ont tous lié
conversation intime avec les condamnés et les
guichetiers.

« Or, les valets de prison, Pomez et Mille-
Pieds, ont, par l'ordre du concierge, vidé dans
la cour notre paillasse, dont la vieille paille a
été brûlée selon l'usage. Mais voilà qu'au lieu
d'apporter dans la cour la paille fraîche, pour
remplir de nouveau la toile, ces valets ont déclaré qu'ayant reçu la défense de faire cette

opération dans la cour, en notre présence, ils allaient emporter la toile pour la remplir, ce qui, malgré notre résistance, a été fait.

« Quand notre paillasse nous a été rendue, Pomez, l'un des valets, nous a dit : on a voulu nous donner de l'argent pour mettre dans votre paillasse deux paquets de poudre, qu'un garde national nous a présentés pour cela.

« Nous avons fait appeler le concierge; en sa présence, et devant le factionnaire de service, Pomez a persisté dans sa déclaration, et le concierge est sorti pour le confronter avec celui qu'il accusait. Un quart-d'heure après, un autre garde national est venu nous dire : ce Pomez est un coquin! C'est lui qui, au contraire, nous a dit que si nous voulions lui donner vingt sous, il vous ferait sauter. On vient de le mettre au cachot.

« Ne vous étonnez-vous point comme nous, M. le procureur général, que ces messieurs, à qui on a demandé vingt sous pour nous

faire sauter, n'aient pas sur-le-champ exigé la
punition du bandit qui osait leur faire une
semblable proposition, et qu'ils en parlent
seulement quand le bruit se répand que la
proposition est venue d'eux?

« Il est bien que vous sachiez aussi, que bon
nombre de condamnés regrettent hautement
de n'avoir pas signé la lettre que leurs camarades nous ont écrite; car, disent-ils, ils
auraient été mis au cachot comme les autres, et ils auraient ainsi partagé les deux
écus de cinq francs, et les pièces blanches que
les gardes nationaux leur ont donnés au moment où ils traversaient la grande cour pour
aller dans le cachot. Convenez, Monsieur,
qu'il faut avoir un grand fonds de vertu, ou
bien peu de pudeur, pour qu'au moment où
leur charité vient de leur attirer de si odieux
soupçons, messieurs les gardes nationaux,
aient recommencé sur nouveaux frais, sans
s'inquiéter des interprétations à donner à une
charité si persévérante.

« N'y aurait-il pas moyen de les engager à porter leurs aumônes ailleurs? »

Pour cette lettre, pas plus de réponse que pour la première.

III.

« A M. Rateau, procureur général,

« Vous avez eu connaissance des dangers que nous a fait courir, à La Réole, un jour de foire, nous menaçant d'assassinat, une partie de la population ameutée, étrangère à cette ville ;

« Des condamnés, gagnés à prix d'argent, ont été rués contre nous dès notre arrivée au fort du Hâ ;

« Quelques heures après, on a voulu mettre de la poudre dans notre lit ;

« Voici qu'un sieur Rousseau, un prêtre, le curé de Saint-Michel, l'aumônier des prisons, se réunit à ces gens-là pour ajouter, s'il se peut, à ces outrages, à ces dangers.

« Et cela parce que nous avons refusé d'assister à sa messe! Nous vous transmettons,

Monsieur, la lettre grossière et furibonde que
ce prêtre nous a écrite à ce sujet, en y joignant un bulletin calomnieux, rédigé par lui,
dirigé contre nous, et que des crieurs publics
colportent dans Bordeaux (1).

« Votre ordonnance, qui nous condamne à
la prison, n'a pas joint, comme aggravation
de peine, je pense, la nécessité de voir et d'entendre cet homme! Ensuite, nous ignorons s'il
existe une loi nouvelle qui mette un prêtre à l'a-
bri du châtiment réservé aux calomniateurs.»

Point de réponse non plus!

LE JOURNAL.

On a essayé encore d'un moyen d'assassinat.

Des hommes armés, revêtus d'uniformes,
mais non d'uniformes de la ligne, rôdaient la
nuit autour du fort. Le concierge adjoint,
accompagné de ses guichetiers, étant sorti
pour faire la ronde extérieure, a été assailli

---

(1) C'était une longue et ignoble diatribe du *Mémo-
rial bordelais.*

de coups de fusil , et on lui a dit qu'on était instruit qu'il voulait nous faire évader.

De méchantes langues s'en vont répandant le bruit que cette échauffourée n'a été qu'un prétexte à un mouvement qui la nuit aurait poussé la populace dans le fort, afin de vérifier si nous ne nous étions pas évadés, et donner ainsi les moyens de nous mettre à mort sans procès.

L'adjoint du concierge est venu nous annoncer qu'il avait ordre de nous transférer dans une autre partie de la maison. Nous l'avons suivi, et il nous a menés dans la tour exclusivement destinée aux forçats. La chambre supérieure où il nous a déposés, renferme un conduit infect, dont le trou est sans fermeture et d'où montent des exhalaisons insupportables.

On nous a enlevé nos fourchettes et nos couteaux.

On nous a refusé notre malle, même pour nous asseoir.

On nous a déclaré que nous n'aurions ni feu ni lumière ; que nous serions privés de toute communication avec qui que ce soit au monde, si ce n'est avec un guichetier qui viendrait trois fois par jour.

Cinquante-cinq ans, vingt-huit blessures, et les douleurs, suite de tout cela, nous empêchent de nous tenir trop long-temps debout. Il faut alors nous asseoir sur le matelas, par terre, car il n'est pas permis d'avoir de bois de lit ; mais, nos blessures et nos douleurs ne nous permettant pas de pouvoir être assis aussi bas, nous sommes obligés de nous coucher.

Bientôt après, force nous est de nous relever, parce que l'air infect qui monte, plus épais, plus pesant, couvre plus que la hauteur de nos têtes ; et nous nous tenons debout pour respirer l'air moins dangereux qui nous vient par deux étroites ouvertures pratiquées dans des murs de huit pieds d'épaisseur.

Dix sept forçats sont naguères sortis de ce

cachot, pour aller aux bagnes, et ont laissé
ici de la vermine de toute espèce, et en telle
quantité, que notre corps, au bout de quelques heures, n'a plus formé qu'une seule
plaie.

Nous nous sommes plaints à un capitaine
de ronde, portant la décoration du lis et du
brassard. Il a bien trouvé l'odeur infecte;
mais il a dit que les fosses étaient toujours ainsi
dans les prisons;

Il a bien été surpris de nous voir au mileu
de tant de vermine; mais il a dit que ce ne pouvait être autrement dans les prisons.

Consolante logique, n'est-ce pas?

Il nous a été permis de lire les journaux,
parce qu'on a espéré sans doute nous faire un
supplice de cette lecture. Comme celui du
jour annonçait qu'on marchait dans le sang à
Nîmes et à Uzès, le capitaine nous a dit : « Les
honnêtes gens, voyant que les lois sont insuffi-
santes, prennent le soin de leur vengeance ! »

C'est cela : voilà le sort qui nous attend. On

égorge avec le couteau ceux que les lois, par
un sot scrupule, se refusent à assassiner.

———

Notre geôlier est en train de naïveté. A la
demande que nous lui avons faite d'un balai
pour nettoyer notre chambre, de deux chaises pour nous asseoir, et de ce vase que la
pruderie anglaise ne nomme jamais, l'aide-
concierge a répondu : « J'ai reçu l'ordre de
vous priver de tout ce qui vous pouvait être
agréable, et je ne donnerai que ce qu'un ordre par écrit prescrira de vous donner. »

L'imbécile ! Pourquoi, dans son rôle d'o-
béissance passive, ne donne-t-il pas au contraire tout ce qu'un ordre par écrit ne défend
pas nominativement de donner ? — Oui, mais
alors où serait l'instinct de geôlier.

Le moment d'après on est venu nous prendre nos rasoirs, en disant que nous n'aurions
pas la faculté de nous raser. Quelque déplaisir que nous en ayons, le barbier de la maison
passera, sur notre visage, le fer et la main

qu'il a promenés sur les visages flétris du gibier du bagne.

Le barbier des prisons est entré avec les guichetiers et le concierge, et celui-ci nous a dit : « Je ne dois plus laisser entrer personne ici, ni commissaire, ni officier de ronde. Si le préfet lui-même se présentait, je lui refuserais la porte. — Je n'ai qu'un ordre verbal ; je demande un ordre par écrit ; mais, en attendant, j'obéis. »

———

Le concierge n'a encore reçu aucun ordre par écrit. Il ne connaît jusqu'à ce jour que la lettre-de-cachet du procureur-général, en date 2 août. Je demande bien des ordres écrits, nous dit-il, mais personne ne veut m'en donner.

Ainsi, c'est une lettre-de-cachet qui nous tient à la disposition du procureur-général ; et successivement, on nous transfère des prisons dans les cachots ; on nous prive de cou-

teaux, de fourchettes, de rasoirs, de feu, de
lumière ; on nous rejette, même hors de la
vue de tout fonctionnaire civil ou militaire.
Voilà notre position : n'ayant de rapport qu'a-
vec l'homme qui, par instinct de valet, à défaut d'ordre écrit, sait qu'on ne met les gens
en prison que pour les faire souffrir !

———

Nous sommes toujours au secret, entre quatre murailles. Deux bottes de paille, rarement
renouvelées, avec un matelat, forment notre
mobilier. Dans la visite quotidienne qu'ils nous
font, le concierge, le sabre nu et les pistolets
à la ceinture, des guichetiers, aussi sabre nu
à la main, quatre gardes nationaux armés de
toutes pièces, nous trouvent seuls, après avoir
passé par dix portes de fer. Nous avons demandé deux chaises de bois pour pouvoir nous
asseoir, et appuyer nos reins, car, lorsque nous
voulons écrire, nous sommes obligés de nous
asseoir dos à dos, pour nous les soutenir mu-

tuellement.... et cette attitude est dure à cinquante cinq ans ! Eh bien, on nous a refusé
ces deux chaises, parce qu'a-t-on dit, en les
cassant, nous aurions un bâton, et qu'un
bâton est une arme. Or, puisqu'une mâchoire
d'âne a pu détruire dix mille Philistins, deux
barreaux de chaise pourraient bien tuer ces
dix hommes, ouvrir ces dix portes de fer avec
serrures et verroux, culbuter le poste de soldats qui est dans le corps-de-garde au bas de
la tour, et enfin renverser la double enceinte
du fort du Hâ.

Nous avons demandé un vase en terre, de
huit sous, on nous l'a aussi refusé. N'oubliez
pas, je vous prie, que notre chambre a des
murs de huit pieds d'épaisseur, qu'elle est à
une effrayante hauteur du niveau de la terre,
et que les deux ouvertures qui nous donnent
du jour et de l'air, sont fermées par de très
fortes barres de fer, qui se lient et se croisent.
Or, un vase de terre est très dangereux dans
cet état de logement.

C'est que, nous autres anciens, disent certaines gens, nous ne savons pas tout ce
que peuvent les disciples des idées nouvelles.
Il existe une école diabolique à Paris, où des
gens, nés de l'enfer, enseignent à faire de l'eau
avec de l'air, et de l'air avec de l'eau; avec de
la terre, ils font un métal. Cela posé, les verres
de nos lunettes, le soleil, la terre du vase et
son vernis vert ne sont pas, vous concevez, choses sans importance.—Mais, par Dieu, hommes
puissans, écoutez-nous : *Primo* d'abord, nous
n'aimons point les idées nouvelles; nous en-
voyons même au diable, de grand cœur, les
auteurs des formes nouvelles qui, au mépris
de la Charte et des lois françaises, même, je
crois, des lois de tous les pays, nous tiennent
dans les fers, sans dénonciation expresse, sans
accusation formulée, mais dans l'attente d'une
accusation à venir. Oui, nous détestons bien
franchement les hommes à idées nouvelles, qui
nous défendent de nous donner deux chaises
de paille lesquelles puissent reposer cinquante-

cinq ans et vingt-huit blessures reçues à la
défense de la patrie; qui ordonnent de nous
faire souffrir, en attendant qu'on trouve un
moyen de nous faire périr! Hommes de bien,
nous sommes ignorans aussi, nous autres! et
avec le bois et la paille de deux chaises, avec
nos lunettes et un vase verni, nous ne pour-
rons point enlever ou dissoudre des barreaux
de fer, puis en faire des cordes pour descendre à cent pied●

Il est vrai que nous avons un grand reproche à nous faire, car nous avons montré un
si profond savoir devant nos gardiens, qu'on
a tout pu craindre de nous. Nous avions mis
de l'eau savonneuse dans un petit bol où nous
jetions les insectes qui nous tracassent, peu dé-
sireux que nous sommes de les tuer entre nos
doigts. —Pourquoi pas dans de l'eau pure, dit
une voix. — Parce que ce savon, bouchant
les trous par où ils respirent, les tue. Tout
meurt asphyxié! — *Asphyxié!*.... De grands
yeux, de grandes bouches nous ont prouvé

qu'asphyxié était un mot étranger à l'argot
des geôles. Tout ce qui se dit ici est rapporté,
et de telles gens ont bien pu croire qu'asphyxié
était un mot de l'argot des idées nouvelles! A
quoi tient cependant la vie des hommes? Ce
sera peut-être un des chefs de notre acte d'accusation? peut-être le motif de notre arrêt de
mort. Qui sait?

Bah! autant celui-là qu'un autre!

———— ●

On s'instruit par fois dans les prisons. Notre
brave marin Jérôme Lanoir, est venu pour
nous voir, un jour que nous nous promenions
dans la cour. En approchant du guichet, dont
on lui refusait l'entrée, nous l'entendîmes qui
disait au concierge ou à tout autre : Vous me
renvoyez toujours de Ponce à Pilate. Et aussitôt une voix nasillarde et hautaine, juste celle
du prêtre Rousseau, lui crie : Jérôme Lanoir,
vous êtes un ignorant! sachez que Pontius-Pi-
latus était un gouverneur romain, et que ce
ne sont point deux noms.

Jérome Lanoir qui se souvient encore de
son métier de marin; Jérôme Lanoir, brave
homme, mais qui n'a pas à son usage les for-
mules polies d'un damoiseau, a répondu avec
son jargon d'usage :

— Eh! vire de bord, M. le curé! c'est bien
parce que Ponce-Pilate était un même homme,
un seul homme, que je parle ainsi. Voyez les
deux frères jumeaux qui sont ici: faut-il leur rendre la vie dure? tous peuvent donner des ordres,
tous sont et doivent être obéis. M. le procureur-général ordonne, et il est obéi! M. le
commisaire de quartier ordonne, et il est obéi!
M. le Maire ou son adjoint ordonne, et il est
obéi! qu'un officier, un sergent, un caporal ordonne, et l'ordre sera exécuté contre les deux
frères. Mais s'il faut au contraire accorder une
faveur, un adoucissement? depuis le procureur-général jusqu'au caporal, personne ne
veut plus donner d'ordre : *cela ne me regarde
pas,* dit chacun d'eux. C'est Ponce-Pilate qui a
donné un ordre, c'est Ponce-Pilate qui doit le

lever ou le modifier. Or, chacun de ceux qui a ordonné, renvoie à Ponce-Pilate ; mais Ponce-Pilate qui veut ne déplaire à personne, pas même à un caporal, par ce qu'un caporal est une autorité, Ponce-Pilate distingue, divise ses attributions en coupant son nom en deux, et de Ponce il vous renvoie à Pilate ; moyen certain pour que de pauvres diables n'aient jamais raison! Oh! hé! vire de bord! dans toute ma vie, je n'ai jamais vu un homme en prison, avoir raison contre un homme en liberté.

Sur ce, notre brave Jérôme s'en alla, il n'est plus revenu ; et nous, on ne nous a plus laissé descendre dans la cour. Ce diable de Jérôme est un si embarrassant logicien.

———

Le procureur-général enfin, nous a interrogé.

Il n'est plus question de l'affaire de La Réole, de cette armée et de ces canons que nous avions cachés dans notre maison. C'est visible!

c'était une gentillesse, une espiéglerie pour nous mettre en prison.

Le procureur-général nous a questionnés sur notre conduite depuis le mois d'avril, sans dire en vertu de quelle loi, ni dans la supposition de quel délit. En vérité, de toutes ces questions infâmes ou ridicules, il ne ressort pas le moins du monde, que nous puissions être accusés !

XVIII.

LES AVOCATS DE BORDEAUX.

Les frères Faucher se trompaient! ils furent accusés, d'avoir retenu :—contre la volonté du gouvernement, les commandemens ou fonctions qui leur avait été retirés;—d'avoir commis un attentat, dont le but était d'exciter la guerre civile, et d'armer les citoyens les uns contre les autres, en réunissant dans leur do-

micile des gens armés, qui y faisaient un service militaire ; — et d'avoir comprimé, par la
force des armes et par la violence, l'élan de
fidélité des sujets de Sa Majesté Louis XVIII.

Néanmoins, quelque bonne envie qu'il en eût,
quelque espérance d'élévation ou de fortune
qu'il en eût conçue, de quelques sollicitations
pressantes , exhortations pieuses, ou promesses
dorées, qu'il fût circonvenu par le prêtre Rousseau, le procureur - général n'osa ni dresser
l'acte d'accusation, ni le porter devant la Cour
Royale. Il savait bien que sur quelques paradoxes , sur quelques rapprochemens*, avec
quelques soudures que cet acte fût échaffaudé,
il ne tiendrait pas cinq minutes devant des magistrats réguliers.

Mais le prêtre Rousseau savait aussi fort bien
que, dans des temps de tourmente politique ,
on a toujours à ses ordres des tribunaux d'ex-
ception prêts à se charger de la besogne que ré-
pudiraient les tribunaux ordinaires ; et qu'on
fait condamner par commissaires, ceux qu'on

ne pourrait faire condamner par justice. Il avait
d'ailleurs tellement ameuté le peuple bordelais
contre les deux frères, qu'il ne mentait nullement, lorsque, pour s'opposer à leur mise en
liberté, il déclarait que Bordeaux se souleverait
tout entier ; et que si on ne les faisait point passer en jugement, quelle qu'en dût être l'issue,
il ne répondait pas, non seulement que la prison
du Hâ ne fût forcée et que les deux frères n'y
fussent égorgés, mais encore, que juges, con-
seillers, préfets, officiers municipaux, ne fussent assaillis, pour ce que le peuple regarderait comme un déni de justice.

Les deux frères furent donc traduits devant
un conseil de guerre, dont, au premier aspect,
leur ancien titre de généraux les rendaient justiciables ; mais dont peut-être l'incompétence
était plus qu'évidente ; car, depuis leur service
actif à l'armée du Rhin et Moselle, sous le
général Pichegru, ils n'avaient jamais fait acte
de généraux. Il savaient même exercé des fonctions civiles, telles que celles de maire, de sous-

préfet, de membre du conseil-général de la Gironde. Et comme ils le disaient eux-mêmes, c'est comme simples citoyens qu'ils devaient être jugés, car c'était là le seul titre qu'ils se reconnaissaient, le seul qu'ils prenaient habituellement dans leurs actes; parce qu'ils avaient toujours pensé que les titres cessaient avec les fonctions, parce qu'un emploi honorifique n'était pas sans doute un caractère indélébile comme celui de prêtre; et qu'un habit de général n'était pas comme la robe du centaure Nessus, un vêtement qu'on ne pût quitter qu'avec la vie, ou en y laissant des lambeaux de chair.

Tout cela était assez logique; mais les réactions se moquent bien de la logique! Quels que fussent leurs juges, les deux frères devaient s'estimer fort heureux qu'on eût bien voulu leur donner des juges. En bien d'autres lieux la réaction s'en était passé, et sa besogne n'en avait marché que plus vite. C'est même là ce qui leur donna quelque espoir, car ils pensèrent que si on avait réussi à les faire égorger par le peuple, on ne leur aurait point donné de juges, et que des juges, quels qu'ils fussent, ne pouvaient que les sauver.

Quelque ferme confiance qu'ils eussent dans leur bon droit, ils pensèrent avec raison, que l'innocence ne perdait rien à être démontrée par une voix éloquente. Or, on pouvait à cette époque, s'en aller les yeux fermés à travers le barreau bordelais; on était certain de mettre la main sur un homme de loyale éloquence, dans cette compagnie qu'avait illustrée Ferrère.

Les deux frères appelèrent à eux pour défenseurs l'avocat Ravez. D'abord, parce qu'ils avaient formé avec lui, depuis long-temps, ces bonnes relations d'assistance mutuelle, qui s'établissent vîte entre un avocat distingué par le talent et des cliens bien dotés par la fortune. L'intimité même était allée plus loin : quelquefois l'avocat Ravez, en dehors de ses honoraires, avait frappé à la bourse des deux

frères, qui n'avaient pas fait la sourde oreille.
On dit même qu'au moment où ceux-ci l'ap-
pélèrent auprès d'eux, l'avocat Ravez n'aurait
fait que se libérer, par un plaidoyer, d'une
assez forte somme depuis long-temps prêtée.
De plus, les jumeaux pensèrent que l'avocat Ravez était leur homme : — parce que, né à Rive-
de-Gier, d'une famille d'artisans, d'un pauvre
marchand de parapluies, il devait, ayant du
sang de peuple dans les veines, être indigné
contre la réaction aristocratique, qui couvrait
la France de meurtres ; — parceque ayant, en
1806, complimenté en termes fort adulateurs
l'archichancelier Cambacérès, et avec grande
effusion, dans un fort beau discours, protesté
de son dévouement à l'empereur Napoléon, il
devait trouver de bonnes paroles pour défendre
des hommes, accusés d'avoir soutenu jusqu'au
dernier moment l'Empire et l'Empereur.

   Ils savaient bien aussi que l'avocat Ravez
était, à Bordeaux, le fondateur de cette société
légitimiste qui, à Lyon en 93, et depuis sous le

directoire, avait si fort travaillé au rétablisse-
ment de la monarchie; et qui, entrant en cor-
respondance avec le duc d'Angoulême, dans
l'année 1813, après les désastres de nos armées, paralysant surtout la bonne volonté des
populations, fut d'un si puissant secours à l'é-
tranger qui venait envahir la France.

Mais il leur vint aussi la pensée que c'étaient
là précisément, autant de motifs de persister
dans le choix qu'ils avaient fait. D'un côté, un
homme d'un royalisme si exalté, ne pouvait
pas vouloir que son opinion eût à se reprocher un crime; et d'un autre côté, la défense
de deux accusés politiques, présentée devant
des royalistes, par un chef même de l'opinion
royaliste, ne pouvait qu'être plus favorable-
ment accueillie.

Eh bien, rien n'y fit! ni l'amitié, ni la reconnaissance, ni les souvenirs du discours admi-
ratif pour Napoléon, ni même les devoirs
imposés à la profession d'avocat..... M. Ravez

répondit par un refus formel, et ce fut une grande lâcheté !

Les deux frères recoururent alors aux premiers noms inscrits sur le tableau des avocats, et dans les premiers interrogatoires qu'ils eurent à subir devant les officiers délégués par le conseil de guerre, ils choisirent pour défenseurs, M. Gergerès; M. Gergerès refusa!

On passa ensuite à messieurs Emérigon et Desgranges – Bonnet, qui refusèrent comme M. Gergerès de prendre communication des pièces.....

Tout le barreau de Bordeaux y passa... et tout le barreau se montra vil ou lâche. Aussi les deux frères parurent-ils sans défenseurs devant le conseil de guerre, quipour cela ne laissa pas de les juger. Ils furent condamnés à mort... pourtant il n'y avait contre eux d'autres faits que ceux rapportés dans notre histoire.

Sur les instances de leur famille, et de quelques amis restés fidèles à leur sainte infortune, il se pourvurent en révision. Ils s'étaient défendus eux-mêmes avec habileté, avec courage, avec une noble et ferme éloquence devant leur premiers juges; mais ils ne pouvaient aux termes de la loi, être présens au jugement de révision. Il fallut de nouveau chercher des avocats, pour faire valoir les moyens de nullité que présentait la procédure. La première demande fut faite à M. Roullet, avocat de cabinet. Ce jurisconsulte répondit sans hésiter, qu'il était prêt à défendre les frères Faucher, et qu'il les remerciait fort d'avoir songé à lui; mais qu'étant un avocat de cabinet et non d'audience, et n'ayant jamais plaidé de sa vie, il désirait dans l'intérêt des deux frères, la formation d'un conseil de défense. Il en fut référé au bâtonnier de l'ordre

(1) Les hommes qui eurent le triste courage de prononcer l'arrêt à unanimité et de le signer, furent Messieurs le chevalier Gombaut, colonel de cavalerie, président; Bontemps-Dubray, chef d'escadron, Bois-

qui comprit enfin tout ce que la première désertion d'une défense avait fait peser de responsabilité et de honte sur le barreau. M. Dénucé,
bâtonnier de l'ordre, désigna, pour former ce
conseil dont il faisait partie : MM. Albespi,
Emérigon et Gergérès. Ces deux derniers devaient porter, et portèrent en effet la parole.

Mieux aurait valu qu'ils eussent gardé le silence ! ils auraient au moins eu le courage
du refus. Mais non; ils s'excusèrent devant les
juges, de la nécessité où leur ordre les avaient
mis de prendre la défense des deux frères :
« Nous ne pouvons croire, disent-ils, que ce

----

sons capitaine, commandant le château Trompette,
Montureu, capitaine adjoint à l'état-major; Collas,
lieutenant au 10ᵉ régiment de ligne; Moulinié,
sous-lieutenant d'infanterie; Favre, sergent-major
de la *garde nationale d'élite*; Dupuy, capitaine au
10ᵉ régiment de ligne, faisant les fonctions de *commissaire du roi*; De la Bouterie, chef d'escadron;
tous désignés par le lieutenant-général, comte de
Vioménil.

« pénible dévouement soit blâmé par aucun de
« ceux dont nous sommes jaloux de conserver
« l'estime. » Plus loin, ils déclarent qu'ils ne
s'occuperont ni des opinions des deux frères,
ni de leur conduite, ni des délits qui leur sont
imputés...Eh! malheureux! vous ne voyez donc
pas que vos paroles les tuent, au lieu de les défendre, et que vous déclarez tenir pour vraie
l'accusation, du moment que vous ne la voulez
point repousser...Oh! je vous le répète, moi:
vous avez été vils et lâches! Car, chaque jour,
il n'était pas un de vous, et vous vous en étiez
glorifiez dans votre exorde, qui ne tînt à honneur de défendre devant la cour d'assises, les
hommes accusés des plus grands forfaits!... et
aujourd'hui, vous demandez pardon de ce que
vous ne pouvez vous empêcher de défendre
deux hommes accusés de délits politiques!!...
Oh! oui, vous avez été vils et lâches!

Ainsi, par poltronnerie, vous reculiez devant
la réaction de 1815; ou bien, par esprit de parti,
vous vous faisiez les complices de ses vengean-

ces, mais par des moyens détournés, sans avoir
le courage de le proclamer tout haut! Vous vouliez avoir les honneurs de l'indépendance dans
votre profession, et les bénéfices du sang dans
votre parti. Dans des temps que vous regar-
diez vous-mêmes comme autrement difficiles,
de beaux exemples, pourtant, vous avaient
été donnés par des hommes de votre profession. L'un d'eux même, avait compté long-
temps dans votre ordre, au sein de votre cité. Ces
hommes montrèrent plus de courage et plus
de respect pour les vrais devoirs de l'avocat,
devant la Convention tant calomniée par votre
parti, devant le formidable tribunal révolutionnaire lui-même : bouche de bronze, dont
la voix, à la délation qui tombait, répondait
par un arrêt de mort! Ni Louis XVI, ni Marie
Antoinette, ni Charlotte Corday, n'ont manqué de défenseurs, ce me semble! et ni Malesherbes, ni Desèze, ni Chauveau Lagarde
n'ont commencé par demander grâce à genoux! ils ont parlé debout, la tête et la voix

hautes, comme il convient à des hommes qui remplissent un noble devoir.

La réaction de 1815 fut donc plus atroce, plus en dehors des lois humaines et sociales que la Convention et le tribunal révolutionnaire! Elle ne laissa pas des défenseurs à ceux qu'elle livrait à ses assassins juridiques.

Si l'on veut avoir une idée de ce qu'est la morale des gouvernemens, il n'y a qu'à se souvenir que la Restauration a eu des récompenses pour les hommes qui avaient glorifié la royauté par leur courage, aussi bien que pour ceux dont la lâcheté lui avait été utile.

Elle a élevé une statue à Malesherbes; elle a fait de M. Desèze, le premier président de la première cour du royaume et le trésorier des ordres du roi. Voilà pour les hommes de courage.

Voici la part qui a été faite aux lâches: M. Ravez est devenu premier président de la cour royale de Bordeaux, cordon bleu et pair de France. M. Emérigon fut nommé président du tribunal de première instance, dans le chef-lieu de la Gironde, officier de la légion d'honneur, etc. !

A ce compte, quand la lâcheté rapporte autant que le courage, ne serait-ce point folie, — en l'absence de toute conscience, — de s'exposer aux dangers dont un acte de courage peut être la suite?

Si c'est avec cela que les gouvernemens prétendent corriger l'immoralité du siècle, il ne faut pas s'étonner qu'ils meurent à la peine, les uns après les autres.

XIX.

EXORIATUR!

———

Le 27 septembre, dès le point du jour, le
tambour battit le rappel dans les casernes et
dans les rues de Bordeaux. Depuis la veille,
des pièces de canon et un bataillon de troupes de ligne, les armes chargées, stationnaient sur la place du fort du Hâ. Vers neuf
heures, la garde nationale, les volontaires
royaux à cheval, et la légion de Marie-Thérèse,
furent échelonnés de distance en distance,

pour former une double haie qui, commen-
çant au fort du Hâ, et finissant à la Chartreuse, se prolongeait dans une étendue de
près d'une lieue.

Des crieurs publics parcouraient les groupes épars dans les rues et sur les places publiques. Ils proclamaient à tue-tête, la condamnation à mort, prononcée la veille par le
conseil de révision; et, comme s'ils avaient
fait de cette condamnation un titre de gloire
pour les juges, ils ne manquaient pas d'en
faire parvenir les noms à la foule enthou-
siaste en certains lieux, morne et glacée en
quelques autres. Il y eut même, au détour
d'une rue, un groupe de matelots, d'où à chaque nom prononcé, s'échappait l'épithète ca-
ractéristique, ou l'énergique épigramme, destinées à le flétrir, ou annonçant la stupeur
que causait l'illégalité de son apparition au
bas d'un jugement militaire. Ainsi furent fla-
gellés, tour-à-tour, et le maréchal de camp
comte de Puységur, général sans brevet; et le

colonel, adjoint-commandant, prince de Santa-
Crux, dont la conscience était aussi boîteuse
que la jambe droite; et le chef de bataillon
d'artillerie Lacoste, roturier, qui voulait corriger son odeur de gargousse, en se frottant
aux hobereaux; et le chevalier de Bois-Saint-
Lis, et le vicomte de Fumel, tous deux capitai-
nes-adjoints à l'état-major de la place, et qui,
tous deux, en matière de guerre, étaient aussi
neufs que leur uniforme endossé de la veille,
et que leur grade improvisé à la queue des
équipages du duc d'Angoulême en Espagne;
et Lucot d'Hauterive qui, avec un peu de
sang français sur son habit de *commissaire du
roi*, croyait effacer les taches que les taxes ar-
bitraires, les réquisitions illégales en Allema-
gne, avaient mises sur son habit de *commissaire
ordonnateur* que Napoléon lui avait arraché !

Vers dix heures, un nombre assourdissant
de tambours, une joyeuse musique militaire,
venant du côté du fort du Hâ, annoncèrent
la mise en marche des troupes sous les armes.

Au milieu d'elles, apparurent deux hommes tête nue, portant, suivant leur habitude, des habits pareils. Ils avaient mis, ce jour-là, des polonaises et des pantalons blancs; le col de leur chemise était rabattu. C'étaient les jumeaux de La Réole, qui, entrés le même jour dans un même berceau, s'acheminaient le même jour, vers la même tombe.

Lorsque dans la prison, on était venu leur lire la confirmation du jugement, ils n'avaient témoigné nulle faiblesse, nulle surprise. Ils avaient passé toute la nuit à écrire; et pas une de leurs lettres ne se ressentit de la triste destinée qu'on venait de leur faire; chacune d'elles, au contraire, portait l'empreinte de cette présence d'esprit, de ce calme que donne toujours une bonne conscience. L'un des rares amis, qui purent parvenir un moment auprès d'eux, ayant témoigné quelque regret sur cette condamnation à mort, reçut cette seule réponse de César :

— Bah! le terme ordinaire de la vie est de

soixante ans ; nous en avons cinquante-six, ce n'est que quatre ans qu'on nous vole.

— Vous conviendrez, se contenta d'ajouter Constantin, qu'il ne valait pas la peine que, pour si peu, nos filouteurs se missent mal avec leur conscience et avec Dieu.

Pendant le trajet qui dura près d'une heure, ils ne perdirent rien de leur sang-froid, ni de leur fermeté. Leur tête ne se courba, leur visage ne s'émut devant aucune des injures dont les abreuvaient parfois quelque portion avancée de la foule, et quelques-unes de ces furies, en coïffe et en jupon, que le royalisme bordelais tenait à sa solde, sous la direction d'Anniche, l'entremetteuse, pour hurler l'enthousiasme, ou vociférer l'outrage. Ils avaient même un sourire et un touchant signe de main, pour dire un dernier adieu à quelques amis qui s'étaient religieusement portés sur leur passage.

Une fois seulement, — c'était à l'angle même de la petite rue, où du groupe des matelots s'étaient élevées les épigrammes qui avaient accueilli le nom des juges du conseil de guerre.

— Une fois seulement, on vit le visage des deux frères s'animer, leurs yeux étinceler, et leurs lèvres se mouvoir, comme pour laisser tomber un regard de mépris et une parole d'anathème. Ceux qui avaient suivi la direction de leurs yeux, purent voir, dans la foule, quelques pas au-devant des matelots, un homme qui, fasciné, écrâsé sous ce terrible adieu, pâlit, courba la tête, et chancelant sur ses jambes, se retourna pour fuir dans la petite rue qui s'étendait derrière lui. Mais les matelots lui formèrent une barrière.

— Laissez-moi passer, maître Jérôme Lanoir, dit cet homme à l'un d'eux.

— Et où diable voulez-vous aller, M. Jean-Jacques Dumoulin, répliqua le matelot? Ce qui se fait ici ne vous plaît donc pas? Vous avez pourtant fait tout ce qu'il fallait pour que cela arrivât...

— Pour l'amour de Dieu, laissez-moi passer. Vous voyez bien que je suis pâle; mes genoux se dérobent sous moi, la tête me tourne... Voulez-vous me voir mourir ici.

— Non, pas ici, dit à son tour Tellier, venu en aide à l'inexorable matelot. Il vous reste encore quelque chose à voir. Pour que vous mouriez, il faut que le sang qui va être versé vous remonte à la gorge et vous étouffe. Allons, suivez-nous.

Le procureur du roi ne répondit pas; mais il cacha vivement son visage dans ses mains, comme si, déjà, il avait sous les yeux le spectacle dont il comprenait bien que Tellier et les matelots le menaçaient.

Vous voilà bien tous, reprit Tellier avec une voix dédaigneuse et concentrée; vous voilà bien tous, messieurs les provocateurs d'ordres impitoyables, messieurs les requéreurs de peine de mort! — Vous êtes durs au pauvre monde, parce que, vous drapant dans vos toges, vous n'entendez pas les cris, vous ne voyez pas le sang de vos victimes. Qu'est-ce

que tout cela vous fait, à vous qui êtes la
tête? vous avez le bourreau qui est le bras.
Or le bras qui est un instrument, ne souffre
pas des coups qu'il porte : le bras qui obéit,
sait bien que la responsabilité va à la tête qui
commande. Mais si chacun de vous, messieurs, après avoir réquis ou prononcé un arrêt de mort, était forcé de l'exécuter ou de le
voir exécuter, au lieu d'avoir à ses ordres cette
machine impassible, qu'on appelle le bourreau, il y regarderait à deux fois, sans doute,
avant de s'en montrer si avide. Sus donc, puisque pour si peu, seulement pour avoir vu
passer vos victimes, vous voilà en train de
résipiscence, vous, monsieur l'homme du roi,
il faut aller jusqu'au bout, afin que vous soyez
pour toujours dégoûté de la peine de mort.
Allons, en route !

— Mais, où voulez-vous donc m'entraîner,
dit d'un air effrayé, et se mettant presque en
devoir de résister, le procureur du roi de La
Réole.

— Où? et par Dieu! en face la Chartreuse;
dans la prairie où les braves Faucher vont
être fusillés, murmura sourdement et les dents
serrées, Jérôme Lanoir, Oh! ne faites pas le
méchant... Je sais bien que vous pouvez d'un
seul mot, nous faire écharper par votre ca-
naille royaliste, mais, voyez-vous, la lame de
ce couteau sera entrée dans votre ventre,
avant que ce mot soit sorti de votre bouche.

Le procureur du roi vit bien qu'il fallait
obéir; d'autant plus que tout en discourant,
Tellier et Jérôme Lanoir l'avaient entraîné
avec leur troupe vers le milieu de cette petite rue, où ne passait ame qui eût vie, et que
la rue même, par où avait défilé le cortége,
était déjà déserte : la foule s'était portée à la
suite des troupes, vers le lieu de l'exécution.

Les matelots et le procureur du roi, que
Jérôme Lanoir, avec un de ses fils, tenait sous
les bras, ayant pris des petites rues détour-
nées qui abrégeaient le chemin, arrivèrent en
face la Chartreuse, au moment même où les

fréres Faucher, sortant du milieu de leur escorte, s'avançaient vers le peloton chargé de faire feu sur eux.

— Venez, dit Lanoir à M. Dumoulin, je veux que vous soyez commodément. A tout seigneur tout honneur! vous devez être aux premières loges.

Et sans qu'il pût ou qu'il osât s'en défendre, le procureur du roi fut hissé par les poignets vigoureux des matelots, jusqu'au premier étage de l'une de ces nombreuses guinguettes qui avoisinent la Chartreuse, et dont les fenêtres donnaient sur la prairie. Craignant même qu'au moment fatal, le procureur du roi ne portât les mains à ses yeux, Jérôme Lanoir les lui attacha derrière le dos. Au bout de quelques minutes, on entendit César et Constantin, debout, les yeux grands ouverts, crier, d'une voix assurée :

— Feu!

Cinquante fusils répondirent par un seul et même coup.

— Maintenant, dit Tellier au procureur du roi, vous êtes libre !...

— Au curé de Saint-Michel à présent, cria le matelot Lanoir, quand M. Dumoulin fut parti.

La nuit venue, la foule s'éloigna peu à peu des cadavres des deux frères qu'on eut la froide barbarie de laisser toute la journée exposés, sanglans et mutilés, aux regards et aux ignobles plaisanteries que l'esprit de parti ne manque jamais de faire sur des ennemis couchés morts sur la terre. Quelques hommes, en costume de matelots, eurent alors seulement la permission de venir enlever ces dépouilles opimes de la réaction royaliste, pour leur creuser une tombe.

Les cloches de l'église Saint-Michel sonnèrent le lendemain à la volée, pour annoncer un *Te Deum*, que le curé de cette église allait chanter, en l'honneur de la défaite des ennemis de la royauté. Le nombre des fidèles fut grand ce jour-là. Quand il vit son église pleine, le curé qui avait l'intention de faire un sermon sur la piété envers Dieu et la fidélité due au roi, se dirigea vers une petite armoire pratiquée dans le mur, à l'entrée de la chapelle de la Vierge. C'est là que le curé tenait ses blanches aubes, garnies de maline jusqu'au genou, et ses surplis de batiste, dont les mains des dévotes lissaient en longs tuyaux les pans qui flottaient sur les épaules, comme deux longues ailes. A peine l'armoire fut-elle ouverte; à peine le curé eut-il allongé la main, qu'un cri formidable, à ébranler la voûte, retentit

dans l'église...... Le curé recule épouvanté, et
à quelque pas, tombe, et roule sur la pierre...
On accourt, on se précipite de tous côtés vers
le prêtre qui, pâle, tremblant, couvert d'une
sueur froide, les yeux hagards, la bouche écumante, se tordait comme un serpent sur le
pavé, proférait des mots sans aucun sens, pleu-
rait amèrement ou riait aux éclats.

Il était frappé d'épilepsie, il était fou !

Quand on regarda dans l'armoire, pour savoir d'où était venue la cause d'une si formidable commotion, on trouva appendues au-
dessus des aubes et des surplis, deux chemises
percées par des balles, et ensanglantées. Elles
étaient réunies par un écriteau où on lisait :
Les frères Faucher, au prêtre Rousseau !

Personne ne put dire comment ces chemises s'étaient trouvées là. On avait bien vu durant la nuit, quelques matelots s'arrêter sous
le porche de l'église, mais nul ne les avait vus
entrer.

— Bah ! dit au milieu de la foule ébahie,

Jérôme Lanoir, qui s'était approché en curieux, Dieu est grand, et il sait ce qu'il fait; en mer, il en fait bien voir d'autres aux pauvres matelots. Allez, allez; on ne sait pas toujours d'où vient le flot qui balaye sur le pont, des bandits que l'on prenait pour de braves gens.

FIN DU TOME SECOND ET DERNIER.